George MacDonald

PHANTASTES

Bilder von
Friedrich Hechelmann

George MacDonald

PHANTASTES

*Eine
märchenhafte
Geschichte*

Bilder von
Friedrich Hechelmann

HIRMER VERLAG MÜNCHEN

»Phantastes from ›their fount‹ all shapes deriving,
In new habiliments can quickly dight.«

Fletcher, Purple Island

Erzählungen, ohne Zusammenhang, jedoch mit Assoziation, wie Träume.
Gedichte – bloß wohlklingend *und voll schöner Worte – aber auch ohne
allen Sinn und Zusammenhang – höchstens einzelne Strophen verständlich
– sie müssen wie lauter Bruchstücke aus den verschiedenartigsten Dingen
sein. Höchstens kann wahre Poesie einen* allegorischen *Sinn im großen
haben und eine indirekte Wirkung wie Musik etc. tun – Die Natur ist daher
rein* poetisch *– und so die Stube eines Zauberers – eines Physikers – eine
Kinderstube – eine Polter- und Vorratskammer.*

*Ein Märchen ist eigentlich wie ein Traumbild – ohne Zusammenhang – ein
Ensemble wunderbarer Dinge und Begebenheiten – z. B. eine* musikalische
Phantasie *– die harmonischen Folgen einer Äolsharfe – die* Natur selbst.

*In einem echten Märchen muß alles wunderbar – geheimnisvoll und unzu-
sammenhängend sein – alles belebt. Jedes auf eine andere Art. Die ganze
Natur muß auf eine wunderliche Art mit der ganzen Geisterwelt vermischt
sein. Die Zeit der allgemeinen Anarchie – Gesetzlosigkeit – Freiheit – der*
Naturstand der Natur *– die Zeit vor der* Welt (Staat). *Diese Zeit vor der
Welt liefert gleichsam die zerstreuten Züge der Zeit* nach der Welt *– wie der
Naturstand ein* sonderbares Bild *des ewigen Reichs ist. Die Welt des Mär-
chens ist die* durchaus entgegengesetzte *Welt der Welt der Wahrheit (Geschichte) – und eben darum ihr so* durchaus ähnlich *– wie das* Chaos *der*
vollendeten Schöpfung.

Novalis

KAPITEL I

Die wogenden Wälder und stiller Quell,
Und rieselnder Bach und Dämmerung,
Jetzt die Schatten vertiefend, sprachen
Mit ihm, als ob er und sie alles seien,
Das war.

Shelley, Alastor

Eines Morgens erwachte ich in der Verwirrung, die gewöhnlich die Rückkehr des Bewußtseins begleitet. Als ich so dalag und durch das Ostfenster meines Zimmers schaute, kündigte sich das Heraufsteigen der Sonne in einem blassen, pfirsichfarbenen Streifen an, der eine Wolke teilte, die über den gewölbten Horizont zog. Als meine Gedanken, die ein tiefer und offenbar traumloser Schlaf aufgelöst hatte, wieder klare Formen anzunehmen begannen, erschienen die seltsamen Ereignisse des vorhergehenden Abends von neuem in meinem verwunderten Bewußtsein.

Der Tag zuvor war mein einundzwanzigster Geburtstag gewesen. Neben anderen Zeremonien, die mich mit meinen gesetzlichen Rechten vertraut machten, waren mir auch die Schlüssel zu einem alten Sekretär, in welchem mein Vater seine persönlichen Papiere aufbewahrt hatte, ausgehändigt worden. Sobald ich allein war, ließ ich Leuchter in das Zimmer bringen, in dem der Sekretär stand. Es war nach Jahren das erste Licht in dem Raum, der seit meines Vaters Tod unberührt geblieben war. Doch da die Dunkelheit hier schon zu lange herrschte, um einfach vertrieben zu werden und es aussah, als habe sie die Wände, an denen sie wie eine Fledermaus hing, mit Schwärze gefärbt, konnten die Kerzen kaum die düsteren Wandbehänge erhellen und schienen nur noch dunklere Schatten in die Winkel der tiefen Wandvorsprünge zu werfen. Alles Weitere lag in einem Mysterium verhüllt, dessen tiefste Falten sich um den dunklen Eichenkasten legten, dem ich mich mit einer seltsamen Mischung aus Achtung und Neugierde näherte. Vielleicht war ich, wie ein Geologe, dabei, einige verborgene Schichten der menschlichen Welt freizulegen, fossile Überreste, verkohlt von Leidenschaft, versteinert von Tränen. Vielleicht würde ich erfahren, wie mein Vater, dessen persönliche Geschichte mir unbekannt war, seinen Teil am Gewebe der Zeit gewoben hatte, wie er die Welt gefunden und wie die Welt ihn zurückgelassen hatte. Vielleicht würde ich nur Verzeichnisse von Ländereien und Geldern finden und erfahren, wie sie erworben und wie sie abgesichert worden waren.

Um die Zweifel zu zerstreuen und die Ehrfurcht zu verjagen, die sich ständig um mich verdichtete, als näherten sich die Toten, ging ich zu dem Sekretär; und als ich den Schlüssel gefunden hatte, der in den oberen Teil paßte, öffnete ich ihn mit einiger Schwierigkeit, zog einen schweren Stuhl mit hoher Rückenlehne heran und setzte mich vor eine Vielzahl von kleinen Schubladen, Schiebern und Ablagen. Die Tür eines Faches in der Mitte zog mich ganz besonders an, als liege dort das Geheimnis dieser lange verborgenen Welt. Ich fand den Schlüssel dazu. Eine der rostigen Angeln knirschte und brach, als ich die Tür öffnete, die eine Anzahl kleiner Fächer freilegte. Da diese jedoch weniger tief waren als die danebenliegenden, die bis zur Rückwand des Sekretärs reichten, vermutete ich, daß sich dahinter noch ein Raum befinden mußte. Ich entdeckte in der Tat, daß die kleinen Fächer in einen eigenen Rahmen gefaßt waren und sich als Ganzes herausziehen ließen. Dahinter fand ich eine Art von beweglichem Fallgatter aus dicht nebeneinanderliegenden, senkrechten Holzbälkchen. Nach langem Überlegen und vielen Versuchen, es zu bewegen, entdeckte ich schließlich einen kaum hervorstehenden Stahlstift auf einer Seite. Ich drückte mehrmals fest mit der Spitze eines alten Werkzeugs darauf, bis der Stift schließlich nachgab und das kleine Tor, plötzlich aufspringend, ein Fach freigab. Es war leer bis auf ein Häufchen verwelkter Rosenblätter und ein flaches Päckchen von Papieren, durch ein Stückchen Band zusammengehalten, dessen Farbe mit dem Rosenduft verblichen war. Ich fürchtete mich fast, es zu berühren, so stumm zeugte es vom Gesetz des Vergessens.

Ich lehnte mich in meinen Stuhl zurück und betrachtete die Papiere einen Moment lang, als plötzlich auf dem Boden des Faches, als sei sie gerade aus seiner Tiefe hervorgekommen, eine winzige, weibliche Gestalt stand, so vollendet in allen Linien wie eine gerade zum Leben erwachte griechische Statuette. Sie war gekleidet in einer Art, die nie altmodisch werden konnte, einfach und natürlich: ein am Hals in Falten gelegtes Kleid, von einem Gürtel in der Mitte zusammengehalten, reichte bis zu ihren Füßen. Da sie wohl einiges Erstaunen in meiner Haltung sah, kam sie nahe an mich heran und sagte mit einer Stimme, die in diesem vom Tod berührten Zimmer an Dämmerung, an schilfbewachsene Flußufer und an leisen Wind erinnerte:

..., als sei sie gerade aus seiner Tiefe hervorgekommen, ...

»Anodos, nicht wahr, du hast noch nie eine so kleine Gestalt gesehen?«

»Nein«, sagte ich, »und ich kann auch jetzt kaum glauben, daß ich es tue.«

»Ach, das ist immer das Problem mit euch Menschen, Ihr glaubt beim ersten Mal gar nichts, und es ist wirklich verrückt, daß euch lediglich Wiederholung von dem überzeugt, was ihr als solches unglaublich findet. Ich will jedoch nicht mit dir streiten, sondern dir einen Wunsch erfüllen.«

Hier konnte ich nicht umhin, sie mit einer törichten Frage zu unterbrechen, wobei es jedoch keinerlei Grund gab, sie zu bereuen:

»Wie kann ein so winziges Wesen wie du etwas gewähren oder verweigern?«

»Ist das die ganze Weisheit, die du in 21 Jahren erlangt hast?« fragte sie. »Form ist viel, Größe ist nichts. Ich nehme an, deine Einmeterachtzig-Lordschaft fühlt sich in keiner Weise unbedeutend, obwohl du für andere Leute klein wirkst im Vergleich zu deinem Onkel Ralph, der gut einen Kopf größer ist als du. Aber Größe bedeutet für mich so wenig, daß ich mich ebensogut deinen dummen Vorurteilen anpassen kann.« Indem sie das sagte, sprang sie vom Sekretär auf den Boden, wo sie plötzlich als hohe, grazile Dame stand, mit bleichem Gesicht und großen, blauen Augen. Ihr dunkles Haar floß wallend ihren Rücken hinab und ihre Gestalt in dem weißen Kleid hob sich deutlich davon ab.

»Jetzt«, sagte sie, »wirst du mir glauben.« Überwältigt von der Gegenwart einer Schönheit, die ich nun wahrnehmen konnte, und von einer ebenso unwiderstehlichen wie unverständlichen Anziehungskraft zu ihr hingezogen, streckte ich vermutlich meine Arme nach ihr aus, denn sie wich einen oder zwei Schritte zurück und sagte:

»Dummer Junge, wenn du mich berühren könntest, würde ich dich verletzen. Abgesehen davon bin ich am letzten Mittsommer-Abend 237 Jahre alt geworden, und ein Mann darf sich nicht in seine Großmutter verlieben, weißt du!«

»Aber du bist nicht meine Großmutter«, sagte ich zu ihr.

»Woher weißt du das?« gab sie zurück. »Es kann sein, daß du etwas von deinen Urgroßvätern weißt, aber du weißt sehr wenig von deinen Urgroßmüttern. Nun, zur Sache. Deine kleine Schwester hat dir gestern abend ein Märchen vorgelesen.«

»Das stimmt.«

»Als sie es beendet hatte, fragte sie: ›Bruder, gibt es ein Feenland?‹ Du hast mit einem Seufzer geantwortet: ›Ich glaube schon, wenn man den Weg dorthin finden könnte.‹«

»Das habe ich gesagt, aber ich habe etwas ganz anderes gemeint, als du anzunehmen scheinst.«

»Es ist gleichgültig, was ich anzunehmen scheine. Du wirst morgen den Weg nach Feenland finden. Jetzt sieh mir in die Augen.«

Das tat ich begierig. Sie erfüllten mich mit einem unbekannten Verlangen. Ich erinnerte mich undeutlich daran, daß meine Mutter starb, als ich ganz klein war. Ich sah tiefer und tiefer, bis sich ihre Augen wie Meere um mich her weiteten, und ich in ihren Wassern versank. Ich vergaß alles andere, bis ich mich am Fenster, dessen düstere Vorhänge zurückgezogen waren, wiederfand, den Blick auf einen Himmel voller Sterne gerichtet, die fern im Mondlicht glitzerten.

Darunter lag, still wie der Tod und eisgrau im Mondschein, ein See, sich ausdehnend in Buchten, um Landzungen und Inseln, ich wußte nicht, wohin. Ach, es war kein See, sondern ein tiefliegender Nebel, geglättet vom Mond. »Sicher gibt es irgendwo solch einen See!« sagte ich zu mir. Und eine tiefe, süße Stimme neben mir antwortete:

»In Feenland, Anodos.« Ich drehte mich um, sah aber niemanden. Ich schloß den Sekretär, ging in mein Zimmer und legte mich ins Bett.

Alles dies fiel mir ein, als ich mit halbgeschlossenen Augen dalag. Bald würde ich herausfinden, daß die Dame ihr Versprechen gehalten hatte, daß ich an diesem Tag den Weg nach Feenland entdecken würde.

KAPITEL II

›Wo ist der Strom?‹ rief er mit Tränen.
›Siehst du nicht seine blauen Wellen über uns?‹
Er sah hinauf, und der blaue Strom floß leise
über ihrem Haupte.

Novalis, Heinrich von Ofterdingen

Während diese seltsamen Ereignisse durch meine Gedanken zogen, wurde ich mir plötzlich, wie jemand, der bemerkt, daß das Meer schon seit Stunden in seiner Nähe braust, oder daß der Sturm die ganze Nacht um sein Fenster geheult hat, des Geräuschs von fließendem Wasser in meiner Nähe bewußt. Als ich vom Bett aufschaute, sah ich, daß mein großes Marmor-Waschbecken überfloß wie eine Quelle und über die ganze Länge des Zimmers ein Bach klaren Wassers auf dem Teppich rieselte und irgendwo verschwand. Noch seltsamer war, daß dort, wo dieser von mir selbst entworfene Teppich, der ein Feld mit Gras und Maßliebchen darstellte, den Lauf des kleinen Baches säumte, die Grashalme und Blüten sich in einer sanften Brise zu wiegen schienen, die dem Fluß des Wassers folgte, während sie sich unter dem Rinnsal bogen und neigten. Sie folgten jeder Bewegung der wechselhaften Strömung, als wollten sie mit ihr verschmelzen, ihre feste Form aufgeben und so fließend wie das Wasser werden.

Mein Ankleidetisch war ein altmodisches Möbelstück aus schwarzer Eiche mit Schubladen auf der ganzen Vorderseite. Diese waren mit sorgfältig geschnitzten Blättern verziert, die hauptsächlich Efeu darstellten. Das mir zugewandte Ende dieser Kommode blieb wie es war, aber am entfernteren Ende begann eine eigentümliche Veränderung.

Mein Blick fiel auf ein Büschel von Efeublättern. Das vordere Blatt war offensichtlich ein Werk des Bildschnitzers, das nächste sah sonderbar aus, das dritte war ohne Zweifel wirklicher Efeu, und genau dahinter hatte sich eine Ranke von Waldreben um den vergolde-ten Beschlag einer der Schubladen gewunden. Dann spürte ich eine sachte Bewegung über mir, schaute auf und sah, daß die Zweige und Blätter, die auf meinen Bettvorhängen dargestellt waren, in leichte Unruhe gerieten. Ohne zu wissen, was folgen würde, hielt ich es für höchste Zeit zum Aufstehen und sprang aus dem Bett. Meine nackten Füße landeten auf einer kühlen, grünen Decke, und so hastig ich mich auch anzog, beendete ich doch meine Toilette unter den Zweigen eines großen Baumes, dessen Krone im goldenen Strome des Sonnenlichts schwang und viele wechselnde Lichter hervorbrachte. Schatten von Blatt und Zweig glitten über Blatt und Zweig, so wie der kühle Morgenwind sie hin und her schwenkte, einer Welle gleich, die sich ins Tal senkt.

Nachdem ich mich so gut es ging in dem kühlen Bach gewaschen hatte, erhob ich mich und sah mich um. Der Baum, unter dem ich scheinbar die ganze Nacht gelegen hatte, war einer der vordersten eines dichten Waldes, auf welchen der Bach zufloß. Schwache Spuren eines Fußpfades, überwachsen mit Gras und Moos, und sogar hier und da eine Bibernelle, waren auf der rechten Uferseite zu erkennen. »Dies«, dachte ich, »muß der Weg ins Feenland sein, den die Dame mir zu finden versprochen hatte.« Ich überquerte den Bach und ging an seinem rechten Ufer auf dem Fußpfad entlang, der mich, wie ich erwartet hatte, in den Wald führte. Hier verließ ich den Pfad, ohne begreiflichen Grund und mit dem schwachen Gefühl, daß ich seinem Verlauf hätte folgen sollen, schlug ich eine südlichere Richtung ein.

*. . . des Geräuschs von fließendem Wasser in meiner
Nähe bewußt.*

KAPITEL III

Der Mensch bemächtigt sich des ganzen Raums
Starrt dir in Fels, Busch, Flußlauf ins Gesicht
Und nie erblickt dein Auge einen Baum.
Kein Meer ist es, daß du im Meere siehst,
S'ist alles nur der Mensch in anderer Form.
Um dem Gefährten auszuweichen, nichtig ist dein Plan;
Was immer einen Menschen int'ressiert ist doch
der Mensch.

Henry Sutton

Die Bäume, die am Waldrand noch in weiten Abständen gestanden hatten, schlossen sich je weiter ich ging enger zusammen, so daß ihre gedrängten Stämme bald das Sonnenlicht aussperrten und gegen Osten ein dichtes Gitterwerk bildeten. Ich schien mich einer zweiten Mitternacht zu nähern. In dem mich einhüllenden Zwielicht, noch bevor ich den dunkelsten Teil des Waldes betrat, kam mir aus seiner Tiefe ein Landmädchen entgegen. Sie schien mich nicht zu bemerken, denn sie war offensichtlich eifrig mit einem Strauß wilder Blumen beschäftigt, den sie in der Hand hielt. Ich konnte kaum ihr Gesicht erkennen, denn obwohl sie direkt auf mich zukam, sah sie nie auf. Aber als wir uns begegneten, drehte sie sich um, anstatt vorbeizugehen, und schritt einige Meter neben mir her, das Gesicht stets nach unten gewandt und den Blick auf die Blumen gerichtet. Dennoch sprach sie die ganze Zeit schnell und mit leiser Stimme, als spräche sie mit sich selbst, aber offensichtlich richtete sie ihre Worte an mich. Scheinbar fürchtete sie, von einem lauernden Feind beobachtet zu werden. »Trau' der Eiche«, sagte sie, »trau der Eiche und der Ulme und der großen Buche. Nimm dich in acht vor der Birke. denn wiewohl sie aufrichtig ist, ist sie zu jung, um nicht veränderlich zu sein. Doch meide die Esche und die Erle, denn die Esche ist ein Werwolf, du wirst ihn an seinen dicken Fingern erkennen: und die Erle wird dich mit dem Netz ihres Haares ersticken, wenn du es zuläßt, daß sie sich dir nachts nähert.« Dies alles sagte sie ohne Pause oder Änderung der Stimme. Dann drehte sie sich plötzlich um und verließ mich in demselben, unveränderten Gang. Ich konnte nicht erraten, was sie meinte, beruhigte mich aber mit dem Gedanken, daß immer noch Zeit sein würde, sie zu verstehen, wenn die Gelegenheit käme, ihre Warnung zu beherzigen. Bald darauf kam ich zu einem offeneren Waldstück und überquerte eine weite, grasbewachsene Lichtung mit Flächen von kräftigem Grün. Doch selbst hier war ich von völliger Stille umgeben. Kein Vogel sang, kein Insekt summte, kein einziges lebendes Wesen begegnete mir. Und doch schien die ganze Umgebung nur zu schlafen und strahlte sogar im Schlaf eine Atmosphäre der Erwartung aus. Alle Bäume hatten einen Ausdruck verborgenen Bewußtseins, als sagten sie zu sich selber, »wir könnten, wenn wir wollten.« Plötzlich fiel mir ein, daß den Feen der Tag die Nacht ist und ihre Sonne der Mond und ich dachte: Alles schläft und träumt jetzt, wenn die Nacht kommt, wird es ganz anders sein. Gleichzeitig spürte ich, der ich Mensch und ein Kind des Tages war, eine gewisse Furcht, wie ich mich wohl fühlen würde unter Elfen und anderen Kindern der Nacht, die wachen, wenn Sterbliche schlafen, während jener wundersamen Stunden, welche lautlos über die unbewegten, totengleichen Körper von Männern, Frauen und Kindern hinweggleiten, die einzeln und verstreut unter den schweren Wellen der Nacht liegen, betäubt und ohne Sinne, bis die Ebbe kommt und die Wellen hinabsinken, zurück in den Ozean der Dunkelheit. Aber ich faßte Mut und ging weiter. Bald jedoch ergriff mich wieder Furcht, denn ich hatte an jenem Tag nichts gegessen und schon seit einer Stunde das Verlangen nach Nahrung gespürt. Nun wuchs meine Angst, an diesem Ort nichts finden zu können, um die Bedürfnisse meines Körpers zu befriedigen, aber ich schöpfte neue Hoffnung und ging weiter.

Bevor der Mittag kam, glaubte ich eine dünne Rauchfahne zwischen den Bäumen aufsteigen zu sehen. Ich kam zu einem offenen Stück Land, auf dem eine kleine Hütte stand, so gebaut, daß die Ecken von den Stämmen vier großer Bäume gebildet wurden, deren Zweige sich über dem Dach miteinander verflochten. Es schien als türme sich eine große Wolke von Blättern von der Hütte bis hoch in den Himmel. Ich wunderte mich darüber, in dieser Umgebung eine menschliche Behausung zu finden. Da ich keinen Eingang sah, ging ich um die Hütte herum zur anderen Seite, wo ich wirklich eine weit geöffnete Tür fand. Daneben saß eine Frau und bereitete Gemüse für eine Mahlzeit vor. Als ich näherkam schaute sie auf, zeigte aber keine Überraschung, mich zu sehen, sondern beugte sich wieder über ihre Arbeit und sagte mit leiser Stimme:

»Habt Ihr meine Tochter gesehen?«

»Ich glaube ja,« sagte ich. »Könntet Ihr mir etwas zu essen geben? Ich bin nämlich sehr hungrig.«

»Aber gern,« sagte sie mit der gleichen Stimme; »doch sprecht nicht weiter, bis Ihr im Haus seid, denn der Eschenbaum beobachtet uns.« Nachdem sie das gesagt hatte, stand sie auf und ging vor mir in die Hütte, die, wie ich erst jetzt sah, aus dicht zusammenstehenden Stämmen kleinerer Bäume gebaut war, möbliert mit rohen Stühlen und Tischen, von denen nicht einmal die Rinde entfernt worden war. Sobald sie die Tür geschlossen und mir einen Stuhl angeboten hatte, sagte sie:

»Ihr habt Feenblut in den Adern.«

»Woher wißt Ihr das?«

»Ihr könntet nicht so weit in diesen Wald gekommen sein, wenn es nicht so wäre.«

»Und wie kommt Ihr dazu, hier zu leben?«

»Ich habe auch Feenblut.«

Jetzt betrachtete ich sie sehr genau und glaubte, etwas zu entdecken, ungeachtet der Derbheit ihrer Gestalt, vor allem der Schwere ihrer Augenbrauen; etwas Ungewöhnliches, ich kann es nicht Anmut nennen, und doch war es ein Ausdruck, der einen seltsamen Widerspruch zu ihrem Äußeren bildete.

»Ich wäre krank,« fuhr sie fort, »wenn ich nicht am Rande des Feenlandes leben würde und hin und wieder etwas von seiner Nahrung essen könnte. Ich sehe an Euren Augen, daß auch Ihr nicht ganz frei von diesem Bedürfnis seid, obwohl Ihr es durch Eure Erziehung und die Beweglichkeit Eures Geistes weniger gefühlt habt als ich. Ihr seid wahrscheinlich den Feen weniger nah verwandt.« Ich dachte daran, was die kleine Fee über meine Großmütter gesagt hatte.

Ich hielt jetzt den Zeitpunkt für gekommen, nach einer Erklärung für ihre und ihrer Tochter unverständliche Worte zu fragen.

»Was meintet Ihr, als Ihr so über die Esche gesprochen habt?« Sie erhob sich und sah aus dem Fenster, doch da es zu klein war, als daß ich von meinem Platz aus hätte hinaussehen können, stand ich auf und blickte ihr über die Schulter. Ich hatte gerade genug Zeit, um über das freie Gelände hinweg, am Rande des dichteren Waldes, eine einzelne, große Esche zu sehen, da stieß mich die Frau mit einem Ausdruck von Ungeduld und Angst zurück und stellte ein großes altes Buch in die Fensteröffnung, das es dem Licht fast unmöglich machte, ins Zimmer zu dringen.

»Im allgemeinen«, sagte sie, ihre Fassung zurückgewinnend, »besteht tagsüber keine Gefahr, denn dann

schläft der Eschenbaum, aber in den Wäldern geschieht etwas Ungewöhnliches, wahrscheinlich haben die Feen heute nacht eine Feier, denn alle Bäume sind unruhig; und obwohl sie nicht erwachen können, sehen und hören sie doch im Schlaf.«

»Aber welche Gefahr ist von der Esche zu erwarten?« Anstatt meine Frage zu beantworten, ging sie wieder zum Fenster, sah hinaus und sagte, sie fürchte, daß die Feen durch schlechtes Wetter überrascht werden würden, denn ein Gewitter braue sich im Westen zusammen.

»Und je früher es dunkel wird, desto früher wird der Eschenbaum erwachen.« In diesem Moment kam das junge Mädchen herein, und die beiden Frauen lächelten einander zu.

»Ich würde gern bis zum Abend bleiben, wenn Ihr es erlaubt, und dann meine Reise fortsetzen«, sagte ich.

»Das könnt Ihr gern tun, wenn Ihr möchtet; nur wird es besser sein, die ganze Nacht hierzubleiben, als sich den Gefahren des Waldes auszusetzen. Wohin geht Ihr?«

»Ich habe kein bestimmtes Ziel«, antwortete ich, »aber ich möchte gern alles sehen, was es zu sehen gibt, und darum will ich bei Sonnenuntergang losgehen.«

»Ihr seid ein mutiger Jüngling, falls Ihr wißt, was Ihr wagt; aber Ihr seid unbesonnen, wenn Ihr es nicht wißt. Allerdings kommt niemand ohne einen Grund hierher, und so sollt Ihr tun, wie Ihr es wünscht.« Also setzte ich mich, und da ich recht müde war und einer weiteren Unterhaltung abgeneigt, bat ich, das alte Buch, das immer noch das Fenster verdeckte, ansehen zu dürfen. Die Frau brachte es mir sofort, jedoch nicht, ohne noch zum Wald hinüberzuschauen und dann eine weiße Gardine vor das Fenster zu ziehen. Ich setzte mich dem Fenster gegenüber an den Tisch, legte den dicken, alten Band darauf und las. Er enthielt viele wundersame Geschichten über das Feenland und vergangene Zeiten und die Ritter an König Artus Tafel. Ich las immer weiter, bis sich die Schatten des Nachmittags vertieften. Schließlich kam ich zu folgender Textstelle:

»Alsda geschah es, daß auf ihrem Auszug Ritter Galahad und Ritter Parzival sich in den Tiefen eines großen Waldes begegneten. Ritter Galahad war mit einem Harnisch aus purem Silber angetan, hell und glänzend, daß es eine wahre Freude war, seiner ansichtig zu werden; doch wiewohl ein solcher leicht glanzlos wird und ohne das Werk eines rechten Knappen nicht einfach blinkend und reinzuhalten ist, leuchtete Ritter Galahads Rüstung wie der Mond. Und er ritt eine hohe, weiße Stute, deren Satteldecke schwarz war und über und über mit glänzenden, silberhellen Lilien bestreut. Parzival hingegen ritt einen Fuchs mit falber Mähne und ebensolchem Schweif, sein Sattelschmuck war recht beschmutzt mit Schlamm und Kot; und seine Rüstung war wunderlich rostig anzusehen, keine Kunst konnte sie je wieder blank putzen. Und so, als die Sonne im Untergange zwischen den glatten Stämmen der Bäume hindurch auf diese beiden Ritter leuchtete, schien deren einer glänzend von Licht und der andere glühend von rotem Feuer.

Nun geschah, was hier berichtet wird. Nach seiner Flucht vor der dämonischen Frau kam Ritter Parzival in einen großen Wald, damals, als das Kreuz im Griff seines Schwertes sich in sein Herz grub, und er sich selbst einen Pfeil durch den Schenkel schoß und entfloh. Und dort, aus seinem Fehler nicht klug geworden und ihn doch beklagend, begegnete ihm die Jungfer vom Erlenbaum, gar schön im Angesicht; und mit hehren Worten und falschem Gemüt tröstete sie ihn und täuschte ihn, bis er ihr folgte und sie ihn zu einem —«

Hier ließ mich ein leiser, schneller Schrei meiner Gastgeberin von meinem Buch aufschauen.

»Seht!« rief sie. »Seht seine Finger!«

Die untergehende Sonne schien durch einen Riß der im Westen aufgetürmten Wolken, und der Schatten einer großen, verzerrten Hand, mit dicken Knoten und Höckern auf den Fingern, bewegte sich langsam über die kleine Gardine und ebenso langsam wieder zurück.

»Er ist schon fast wach, Mutter, und gieriger heute nacht als sonst.«

»Schweig, Kind, du darfst ihn nicht noch mehr verärgern, denn du weißt wie schnell etwas geschehen kann, das uns zwingt, nach Einbruch der Nacht im Wald zu bleiben.

»Aber Ihr lebt im Wald,« sagte ich, »wie kommt es, daß Ihr hier sicher seid?«

»Er wagt es nicht, näher als jetzt heranzukommen«, entgegnete sie, »denn jede der vier Eichen an den Ecken unserer Hütte würde ihn in Stücke reißen, sie sind unsere Freunde. Aber dort steht er und schneidet uns manchmal Grimassen und streckt seine langen Arme aus und versucht uns zu töten, indem er uns Angst einjagt, denn das ist seine liebste Beschäftigung. Ich bitte Euch, geht ihm heute nacht aus dem Weg.«

»Werde ich diese Wesen sehen können?« fragte ich.

»Das kann ich noch nicht sagen, da ich nicht weiß, wie stark Eure Feennatur ist. Aber wir werden bald sehen, ob Ihr die Feen in meinem kleinen Garten erkennen könnt, dann wissen wir mehr.«

»Sind die Bäume auch Feen so wie die Blumen?« fragte ich.

»Sie gehören zur gleichen Rasse.« antwortete sie. »Doch diejenigen, die Ihr in Eurem Land Feen nennt, sind meistens die Kinder der Blumenfeen. Sie amüsieren sich gern mit den ›dicken Leuten‹, wie sie Euch nennen, und wie den meisten Kindern ist ihnen Spaß wichtiger als alles andere.«

»Warum habt Ihr denn Blumen so nah bei Euch? Schaden sie Euch nicht?«

»Oh nein, sie sind sehr unterhaltend, wenn sie die Großen nachahmen. Manchmal spielen sie ein ganzes Theaterstück vor meinen Augen, mit völliger Gemütsruhe und Sicherheit, denn sie fürchten sich nicht vor mir. Nur, sobald sie es beendet haben, brechen sie in klingend helles Lachen aus, als wäre es der größte Scherz, irgendetwas ernsthaft getan zu haben.«

»Leben sie in den Blumen?« fragte ich weiter.

»Ich weiß es nicht.« antwortete sie. »Da gibt es etwas, das ich nicht verstehe. Manchmal verschwinden sie völlig. Sie scheinen immer mit den Blumen, denen sie ähnlich sehen und deren Namen sie tragen, zu sterben, aber ob sie mit den neuen Blumen ins Leben zurückkehren oder ob zu neuen Blumen neue Feen gehören, das weiß ich nicht. Ich erfreue mich oft damit, sie zu beobachten, aber es ist mir nie gelungen, eine von ihnen näher kennenzulernen. Wenn ich eines der Wesen anspreche, schaut er oder sie in mein Gesicht auf, als wäre ich der Beachtung nicht wert, lacht und läuft fort.« Hier fuhr die Frau auf, als fasse sie sich plötzlich und sagte leise zu ihrer Tochter: »Schnell, geh und beobachte, in welche Richtung er geht!«

An dieser Stelle kann ich noch meine später gewonnene Erkenntnis hinzufügen, daß wohl die Blumen sterben, weil die Feen sie verlassen, nicht aber, daß die Feen verschwinden weil die Blumen sterben. Die Blumen scheinen für sie eine Art von Haus oder äußerer Gestalt zu sein, die sie an- oder ablegen können wie es ihnen beliebt. Genauso wie man eine Vorstellung von der Art eines Menschen gewinnen könnte, indem man sein Haus betrachtet, so könnte man auch, ohne die Feen selbst zu sehen, etwas über ihr Wesen sagen, indem man ihre Blumen betrachtet, bis man das Gefühl hat, sie zu verstehen. Ich kann nicht genau sagen, ob alle Blumen Feen haben, genausowenig wie ich sicher sein kann, daß alle Männer und Frauen Seelen haben.

Bald kam die Tochter mit der Nachricht zurück, der Eschenbaum sei gerade in südwestlicher Richtung fortgegangen, und, da meine Reise ostwärts zu führen scheine, hoffe sie, daß ich nicht Gefahr laufen würde, ihm zu begegnen, wenn ich sofort aufbräche. Ich sah aus dem kleinen Fenster, und für meine Augen stand dort die Esche genau wie vorher, aber ich dachte mir, daß die Frauen das besser wissen müßten als ich und bereitete mich zum Aufbruch vor.

Wir gingen zusammen in den kleinen Garten.

Dort herrschte zu meinem großen Vergnügen ein reges Leben. Noch war genug Tageslicht, um ein wenig sehen zu können, und die fahle Mondsichel, auf dem halben Weg zum Zenith, mußte jeden Augenblick zu leuchten beginnen. Der ganze Garten war, wie im Karnevalsrausch, voller kleiner, fröhlich geschmückter Gestalten, die in Gruppen, Gesellschaften, Zügen, in Paaren oder zu dritt sich stetig weiterbewegten, eifrig umhereilten oder hierhin und dorthin schlenderten. Aus den Kelchen oder Glocken großer Blumen sahen manche wie von Balkonen auf die Menge hinab, mal vor Lachen platzend, mal ernst wie Eulen, aber sogar in tiefster Feierlichkeit schienen sie nur auf das nächste Lachen zu warten. Manche paddelten auf einem kleinen, sumpfigen Bach am unteren Ende des Gartens in Booten, die sie sich aus den herumliegenden Haufen trockener, welliger Blätter vom Vorjahr ausgesucht hatten. Diese gingen bald mit ihrer Besatzung unter, die dann zum Ufer schwamm und sich neue Blätter suchte. Diejenigen, die frische Rosenblätter als Boote nahmen, schwammen am längsten, aber um diese Blätter mußten sie kämpfen, denn die Fee des Rosenstrauches beklagte sich bitterlich, daß man ihr die Kleidung wegnehme, und sie verteidigte ihr Eigentum tapfer.

»Du kannst doch nicht die Hälfte von den Blättern tragen, die du hast!« sagten manche.

» Das kann Euch doch egal sein, ich habe nicht erlaubt, daß Ihr sie bekommt, sie sind mein Eigentum.«

»Alles zum Wohle der Gemeinschaft!« sagte einer und rannte mit einem großen, gewölbten Blatt davon. Aber die Rosen-Fee sprang hinter ihm her (wie schön sie war, sie ähnelte nur zu sehr einer jungen Gesellschaftsdame), warf den Dieb im Laufen zu Boden und eroberte ihr großes, rotes Blatt zurück. In der Zwischenzeit waren zwanzig andere mit Blättern in die verschiedensten Richtungen davongelaufen, und die kleine Rosen-Fee setzte sich nieder und weinte. Dann ließ sie in einem Wutanfall einen wunderschönen rosenfarbenen Schneesturm von ihrem Strauch niedergehen, indem sie von Zweig zu Zweig hüpfte und stampfte und schüttelte und zerrte. Schließlich, nachdem sie noch einmal herzhaft geweint hatte, suchte sie sich das größte Blatt, das sie finden konnte und rannte lachend fort, um ihr Boot mit den anderen zu messen.

*»Alles zum Wohle der Gemeinschaft!« sagte einer
und rannte . . .*

KAPITEL IV

In höchster Not ist Hilfe nah.

Ballade von Ritter Aldingar

Unterdessen drängte mich meine Gastgeberin zum Aufbruch. Ich bedankte mich herzlich für ihre Gastfreundschaft und machte mich auf den Weg durch den kleinen Garten zum Wald. Einige der Gartenblumen hatten sich im Wald angesiedelt und wuchsen hier und da am Wegrand, aber die Bäume wurden ihnen bald zu dicht und zu düster. Ich sah vor allem einige hohe Lilien, die auf beiden Seiten des Weges standen, mit schmalen, strahlendweißen Blüten, die sich vom Grün ringsumher deutlich abhoben. Es war jetzt so dunkel, daß ich sehen konnte, wie jede einzelne Blume ein eigenes Licht ausstrahlte. Eigentlich wurden sie erst durch dieses Licht für mich sichtbar, ein inneres, eigentümliches Licht, das von jeder einzelnen ausging. Dieses Leuchten reichte nur für die Pflanze selbst und war nicht stark genug, mehr als nur leichteste Schatten zu werfen oder irgendeines der umgebenden Dinge mit einem Hauch von Licht zu erhellen. Aus den Lilien, den Glockenblumen, den Fingerhüten und jeder glockenförmigen Blüte reckten sonderbare kleine Gestalten ihre Köpfe empor, guckten nach mir und verschwanden wieder. Sie schienen die Blumen zu bewohnen wie Schnecken ihr Haus, aber ich war sicher, daß einige von ihnen Eindringlinge waren und zu den Gnomen oder Kobolden gehörten, die den Erdboden und niedere, kriechende Pflanzen bewohnen. Aus den Kelchen der Aronstäbe schnellten Gestalten mit großen Köpfen und grotesken Gesichtern empor wie Springteufel und schnitten Grimassen; oder sie erhoben sich langsam und verstohlen über den Rand des Kelchs, bespritzten mich mit Wasser und glitten rasch wieder zurück. Als ich an einer Reihe hoher Disteln vorbeiging, sah ich, daß sie von kleinen Gesichtern wimmelten, jedes lugte hinter seiner Blüte hervor und versteckte sich ganz schnell wieder; ich hörte sie einander zurufen, doch der Sprecher verbarg sich immer hinter seiner Blüte, sobald ich in seine Richtung schaute. »Seht ihn euch an, seht ihn euch an! Er hat eine Geschichte ohne Anfang begonnen, und sie wird auch nie ein Ende haben. He! He! He! Seht ihn euch an!«

Doch sowie ich tiefer in den Wald hineinging, wurden diese Begebenheiten seltener, machten anderen Platz. Ein kleines Wäldchen wilder Hyazinthen war von zarten Wesen belebt, die beinahe bewegungslos mit gesenkten Köpfen standen und sich am Stiel ihrer Blumen festhielten; so schwangen sie mit jedem leisen Windzug, der die blühenden Glockentürmchen bewegte, hin und her.

In dunkleren Winkeln, um die bemoosten Wurzeln der Bäume oder in kleinen Grasbüscheln, glühten die Glühwürmchen, jedes in der Sphäre seines eigenen grünen Lichts schwebend, ein Netzwerk von Gras und Schatten webend. Sie waren genau wie die Glühwürmchen unseres Landes, denn sie sind überall Feenwesen, unscheinbare Käferchen am Tag und Glühwürmchen bei Nacht. Aber hier hatten sie Feinde, denn ich sah große Käfer mit starken Greifwerkzeugen, die äußerst schwerfällig umherkrochen, unbeholfen wie Elefantenkälber und scheinbar auf der Suche nach Glühwürmchen. Sobald ein Käfer eines erspähte, sei es auch durch einen Wald von Gras oder Moos, stürzte er sich darauf und trug es, seines schwachen Widerstandes ungeachtet, davon. Ich fragte mich, was wohl ihre Absicht sei und beobachtete einen Käfer genauer, da entdeckte ich etwas, das ich nicht verstand. Aber es ist zwecklos, Ereignisse im Feenland verstehen zu wollen, und jemand, der dort ist, lernt bald, das Verstehenwollen völlig zu vergessen und alles zu nehmen wie es kommt; wie ein Kind, das über nichts erstaunt ist, weil es sich in einem ständigen Zustand des Staunens befindet.

Ich sah folgendes: Ringsumher lagen auf dem Boden zerstreut immer wieder kleine, dunkle Klumpen wie aus Erde und ungefähr so groß wie eine Kastanie. Die Käfer suchten in Paaren danach, und wenn sie einen Klumpen gefunden hatten, blieb einer zurück und bewachte ihn, während der andere forteilte, um ein Glühwürmchen zu suchen. Ich nehme an, daß sie sich durch Austauschen von Signalen wiederfanden. Dann nahmen sie das Glühwürmchen und berührten mit dem glühenden Hinterteil das dunkle, erdige Häufchen, das dann plötzlich wie eine Rakete in die Luft stieg, jedoch selten die Höhe der Bäume erreichte. Es zerplatzte in der Luft und sank in einem Regen von wunderbar bunten Funken wieder zur Erde herab; goldene und rote, purpurne und grüne, blaue und rosafarbene Lichter begegneten sich und überstrahlten sich unter den schattigen Kronen und säulenartigen Stämmen der Bäume. Die Käfer gebrauchten nie das gleiche Glühwürmchen zweimal, wie ich bemerkte, sondern ließen es fliegen, offensichtlich ohne ihm irgendeinen Schaden zugefügt zu haben.

In anderen Teilen des Waldes war das ganze umgebende Blattwerk von Feuerfliegen erhellt, die in ihren leuchtenden Farben webende Tänze durch die Luft vollführten, hierhin und dorthin sprühten, sich drehten, kreisten, sich wieder und wieder begegneten und die vielfältigsten Bewegungen miteinander verflochten. An manchen Stellen glühten ganze Bäume von dem phosphoreszierenden Licht, das sie ausstrahlten. Man konnte in dem sanften Schein genau den Verlauf der großen Wurzeln am Boden erkennen, der durch die Blätter drang; und jeder Zweig, jede Blattader wurde zu einer Linie zarten Lichts.

Bald befiel mich ein Gefühl von Unbehagen, das langsam zunahm, als bewege sich etwas Böses in meiner Nähe, einmal weiter, einmal weniger weit entfernt, immer mehr auf mich zu. Das Gefühl verstärkte sich, bis all meine Freude an den Erscheinungen der überall gegenwärtigen guten Feenwesen verschwand und mich voller Sorge und Furcht zurückließ. Schließlich dachte ich mit Schrecken: »Kann es sein, daß der Eschenbaum mich sucht? Oder daß ihn sein Weg bei seiner nächtlichen Wanderung in meine Richtung führt?« Ich tröstete mich, indem ich mich daran erinnerte, daß er in eine ganz andere Richtung aufgebrochen war, er also weit von mir entfernt sein mußte, vor allem da ich in den letzten zwei Stunden stetig nach Osten gewandert war.

Wovor ich mich fürchtete, wußte ich nicht. Eigentlich befand ich mich sogar in einem Zustand großer Ungewißheit, was das Wesen meines Feindes betraf und kannte weder Art noch Ziel seiner Angriffe, denn es war mir mit keiner meiner Fragen gelungen, eine sichere Auskunft von der Frau in der Hütte zu bekommen. Also wußte ich nicht, wie ich mich verteidigen sollte, ja nicht einmal, woran ich mit Sicherheit die Gegenwart meines Widersachers erkennen könnte. Meine mißliche Lage wurde noch durch die vom Westen her aufgezogenen Wolken vergrößert, die die Höhe des Himmels schon fast erreicht hatten und sich langsam auf den Mond zu bewegten. Ja, einige der vordersten Wolken hatten ihn schon erreicht, und er begann, durch einen milchigen Dunst zu ziehen, der sich langsam verdichtete. Schließlich war er einen Moment lang völlig verdeckt. Als er wieder hervorkam, sah ich deutlich auf dem Pfad vor mir – von dem sich die Bäume an dieser Stelle etwas entfernt hatten und so eine schmale, grüne Rasenfläche am Weg freiließen – den Schatten einer riesigen Hand, mit knotigen Gelenken und Auswüchsen. Ich bemerkte trotz meiner Furcht die knollenförmigen Spitzen der Finger. Ich sah mich hastig nach allen Richtungen um, konnte aber nichts entdecken, was einen solchen Schatten hätte werfen können. Ich erkannte in einem Augenblick, daß, wenn dies wirklich ein Schatten war, es keinen Zweck hatte, an einem anderen Ort als zwischen Mond und Schatten nach der Erscheinung zu suchen, die ihn werfen könnte. Ich sah genau hin und vertiefte meinen Blick, völlig vergeblich. Ich konnte nichts entsprechendes erkennen, nicht einmal eine Esche in weiterer Umgebung. Dennoch blieb der Schatten nicht unbewegt, sondern er rückte hin und her; einmal sah ich, wie die Finger sich schlossen zu einer malmenden Faust, wie die Klauen eines wilden Tieres, mit grimmigem Verlangen nach der erwarteten Beute. Es schien nur noch einen Weg zu geben, der den Körper zu diesem Schatten enthüllen würde. Ich ging mutig vorwärts, erfüllt von einem inneren Schauer, den ich nicht beachtete, und warf mich dort, wo der Schatten lag, auf den Boden, die Augen dem Mond zugewandt, den Kopf in die Schattenhand gelegt. Gütiger Himmel, was sah ich dort! Es ist verwunderlich, daß ich mich je wieder erhob, daß diese Schattenhand mich nicht hielt, bis mein Gehirn vor Furcht gefroren sein würde. Ich sah eine äußerst fremdartige Gestalt, undeutlich und schemenhaft, in der Mitte fast durchscheinend und sich zum Rand hin verdichtend, bis sie in Gliedmaßen endete, die einen solchen Schatten werfen konnten wie die Hand, unter der ich lag, und durch deren furchtbare Finger ich jetzt den Mond sah. Die Hand war erhoben wie eine Pranke, die zum Schlag auf die Beute ausholt. Aber das Gesicht, dessen Formen sich pulsierend und fließend verschoben – nicht durch Veränderung des Lichts, welches es reflektierte, sondern durch Wechsel seiner Reflexionsfähigkeit; Veränderungen, die von

Es war jetzt so dunkel, daß ich sehen konnte, wie jede einzelne Blume ein eigenes Licht ausstrahlte.

innen, nicht von außen kamen – es war grauenvoll. Es bewirkte ein neues Gefühl. Es erinnerte mich daran, was ich von Vampiren gehört hatte, denn das Gesicht glich mehr dem einer Leiche als etwas anderem, das ich kenne; vor allem, als ich jetzt ein solches Gesicht in Bewegung sah, doch es war kein Leben, das diese Bewegung erzeugte.... Die Züge waren sogar eher wohlgestaltet, bis auf den Mund, der kaum eine Krümmung aufwies. Die Lippen waren voll, jedoch in ihrer Fülle kaum bemerkenswert, obwohl diese von einer leichten Schwellung herzurühren schien. Der Mund war immer leicht geöffnet. Doch das Furchtbarste in diesem Gesicht waren die Augen. Sie bewegten sich, aber ohne Leben und waren erfüllt von unendlicher Gier. Eine nagende Raublust, die den Verschlinger verschlang, schien die eingeborene und treibende Kraft der ganzen gräßlichen Erscheinung zu sein. Ich lag einige Augenblicke da, erstarrt vor Grauen, bis eine Wolke, die den Mond verdeckte, mich aus dem lähmenden Einfluß dieses Schreckensbildes befreite. Ich war unfähig zur Verteidigung und kannte keinerlei mögliche Vorsichtsmaßregeln: der Eschengeist hätte mich jeden Augenblick in der Dunkelheit überfallen können. Ich sprang auf und rannte fort, egal wohin, nur fort von dem Ungeheuer.

Große Regentropfen begannen, auf die Blätter zu klatschen. Der Donner rumpelte und grollte in der Ferne. Ich rannte weiter. Der Regen fiel heftiger. Schließlich konnten die dichten Blätter ihn nicht mehr aufhalten und, wie ein zweites Himmelsgewölbe, gossen sie Sturzbäche auf die Erde nieder. Ich war bald völlig durchnäßt, aber das berührte mich nicht. Ich kam zu einem schmalen, vom Regen überfüllten Bach, der durch den Wald rauschte. Ich hoffte, vor meinem Verfolger in Sicherheit zu sein, wenn ich diesen Bach überquerte. Ich setzte hinüber und lief eine Anhöhe hinauf, wo ich ein offeneres Waldstück erreichte, in dem nur hohe Bäume wuchsen. Zwischen ihren Stämmen hindurch lenkte ich meinen Lauf und versuchte, mich so gut ich konnte ostwärts zu halten. Mein Denken erholte sich gerade von dem übermäßigen Grauen, als plötzlich ein Blitz oder eher eine Reihe von aufeinanderfolgenden Blitzen auf den Boden vor mir, jedoch durch die geringere Helligkeit als vorher weniger deutlich, den

Schatten der gleichen, schrecklichen Hand warf. Ich sprang vorwärts, zu noch schnellerem Lauf angetrieben, aber ich war erst wenige Schritte weit gekommen, als mein Fuß ausglitt und ich, vergeblich versuchend, mich zu fangen, unter einen der großen Bäume fiel. Fast betäubt richtete ich mich auf und blickte mich um. Alles, was ich sah, war die Hand in einer Entfernung von einem Meter vor meinem Gesicht. Doch im selben Augenblick fühlte ich, wie sich zwei große, weiche Arme von hinten um mich legten, und eine Stimme wie von einer Frau sagte: »Fürchte den Gnom nicht, er wagt es jetzt nicht, dich zu verletzen.« Gleichzeitig zog sich die Hand zurück wie vor einem Feuer und verschwand in Dunkelheit und Regen. Überwältigt von einer Mischung aus Grauen und Freude lag ich eine Zeitlang fast gefühllos da.

Das erste, was ich wieder wahrnahm, war der Klang einer Stimme über mir, voll und leise, die mich in seltsamer Weise an den Klang von sanftem Wind in den Blättern eines großen Baumes erinnerte. Sie murmelte immer wieder: »Ich darf ihn lieben, ich darf ihn lieben, denn er ist ein Mensch, und ich bin nur eine Buche.« Ich bemerkte, daß ich auf dem Boden saß und mich an eine menschliche Gestalt lehnte, noch immer gestützt von den mich umschlingenden Armen, die zu einer Frau von mehr als menschlicher Größe und vollen Proportionen gehören mußten. Ich drehte den Kopf, ohne mich sonst zu bewegen, denn ich fürchtete, die Arme könnten mich freigeben, und klare Augen mit einem leichten Ausdruck von Leid sahen mich an. So wenigstens schien es mir, aber ich konnte sehr wenig von Farbe oder Form sehen, da wir im dunklen, regennassen Schatten des Baums saßen. Das Gesicht wirkte sehr lieblich und doch ernst durch seine Bewegungslosigkeit, beherrscht von einem Ausdruck der Zufriedenheit und auch der Erwartung. Ich sah, daß meine Vermutung bezüglich ihrer Größe richtig war: sie war insgesamt größer als ein Mensch, aber nicht sehr viel.

»Warum nennt Ihr Euch Buche?« fragte ich.

»Weil ich eine bin«, antwortete sie mit der gleichen leisen, singenden, murmelnden Stimme.

»Ihr seid eine Frau«, gab ich zurück.

»Glaubst du das? Bin ich einer Frau denn sehr ähnlich?«

»Ihr seid eine sehr schöne Frau. Ist es möglich, daß Ihr das gar nicht wißt?«

»Ich bin wirklich froh, daß du so denkst. Ich glaube, ich fühle mich manchmal wie eine Frau, auch heute nacht – und immer, wenn der Regen aus meinen Haaren tropft. Denn es gibt eine alte Prophezeihung in den Wäldern, daß jeder von uns eines Tages ein Mensch wie du sein wird. Werde ich sehr glücklich sein, wenn ich eine Frau bin? Wirklich, ich sehne mich danach, eine Frau zu sein.«

Ich ließ sie weitersprechen, denn ihre Stimme klang, als würden sich alle Töne der Musik darin verbinden. Ich antwortete ihr, daß ich kaum sagen könne, ob Frauen glücklich seien oder nicht. Ich hatte eine gekannt, die nicht glücklich gewesen war, und was mich betraf, hatte ich mich oft nach Feenland gesehnt, wie sie sich jetzt nach der Welt der Menschen sehnte; doch keiner von uns hatte schon lange genug gelebt, vielleicht würden wir mit steigendem Alter glücklicher werden. Aber ich bezweifelte es. Ich konnte nicht anders und seufzte. Sie fühlte den Seufzer, denn ihre Arme umgaben mich noch immer. Sie fragte mich, wie alt ich sei.

»Einundzwanzig,« sagte ich.

»Oh, wie jung du bist!« antwortete sie und küßte mich mit einem süßen Kuß von Wind und Duft. Es war eine kühle Aufrichtigkeit in diesem Kuß, die mein Herz wunderbar belebte. Ich fühlte, daß ich den schrecklichen Eschenbaum nicht mehr fürchtete.

«Was wollte dieser entsetzliche Eschengeist von mir?« fragte ich.

»Ich weiß es nicht genau, aber ich glaube, er will dich am Fuß seines Baumes begraben. Doch er wird dich nicht berühren, mein Kind.«

»Sind alle Eschenbäume so furchtbar wie dieser?«

»Oh nein, sie alle sind zwar unangenehme, selbstsüchtige Wesen, aber dieser hat ein Loch im Herzen, von dem nur wenige wissen, und er versucht immer, es zu füllen, aber das gelingt ihm nicht. Das muß es sein, was er von dir wollte. Ich frage mich, ob er je ein Mensch sein wird. Wenn ja, wünsche ich, daß sie ihn töten.«

»Wie freundlich von Euch, mich vor ihm zu retten!«

»Ich werde dafür sorgen, daß er sich dir nicht mehr nähert. Aber es gibt Wesen im Wald, die mir ähnlicher sind und vor denen ich dich leider nicht beschützen kann. Solltest du je eines sehen, das sehr schön ist: weiche ihm aus.«

»Warum denn?«

»Ich kann dir nicht mehr sagen. Aber jetzt muß ich etwas von meinem Haar um dich binden, dann wird dich der Eschenbaum nicht berühren. Hier, schneide etwas ab.«

Sie schüttelte ihr langes Haar locker über mich, immer noch ohne ihre Arme zu bewegen.

»Ich kann Euer schönes Haar nicht abschneiden. Es wäre ein Jammer.«

»Mein Haar nicht abschneiden! Es wird längst nachgewachsen sein, wenn hier in diesem wilden Wald wieder etwas davon gebraucht wird. Vielleicht kann es nie mehr von Nutzen sein – nicht bis ich eine Frau bin.« Und sie seufzte.

So sanft ich konnte, schnitt ich mit meinem Messer eine lange Strähne fließenden, dunklen Haares ab, während sie ihren schönen Kopf über mich beugte. Als ich fertig war, schauderte sie und atmete tief, wie man es tut, wenn ein scharfer Schmerz, ohne Zeichen von Leiden standhaft ertragen, schließlich nachläßt. Dann nahm sie die Haare und umwand mich damit, während sie ein eigentümliches, süßes Lied sang:

»Heut' sah ich auf dich nieder,
Ich seh' dich niemals wieder,
Doch Liebe, Hilfe, Schmerz ohn' Klage
Versprachen dich mir bis ans Ende meiner Tage.«

Ich kann nicht mehr davon in Worte fassen. Sie schloß ihre Arme wieder um mich und sang weiter. Der Regen in den Blättern und ein leichter Wind, der aufgekommen war, begleiteten ihr Lied. Ich war versunken in stiller Freude. Das Lied erzählte mir das Geheimnis der Wälder, Blumen und Vögel. Einmal fühlte ich mich, als wandere ich als Kind durch sonnige Frühlingswälder, über Teppiche von Schlüsselblumen, Anemonen und kleinen, weißen Sternchen – fast hätte ich gesagt Wesen – und fand neue Blumen an jeder Wegbiegung. Ein anderes Mal lag ich halb träumend an einem weißen Sommermittag mit einem Buch alter Märchen unter einer großen Buche; oder, im Herbst, wurde ich traurig, weil ich durch die Blätter wanderte, die mir Schatten gespendet hatten und jetzt ihren letzten Segen in den süßen Düften des Verfalls empfingen; oder, an einem Winterabend im Frost, sah ich auf, während ich nach Hause zum warmen Feuer ging, sah auf durch die nackten Äste und Zweige zum kalten, schneeverhangenen Mond, den ein opalfarben schimmernder Ring umgab.

Schließlich war ich eingeschlafen, denn ich weiß nichts mehr von dem, was geschah, bis ich mich, unter einer herrlichen Buche liegend, wiederfand im klaren Licht des Morgens, kurz vor Sonnenaufgang. Ein Band von frischen Buchenblättern umwand mich. Die großen Äste der Buche hingen nickend um mich her. Über meinem Kopf erhob sich ihr glatter Stamm, mit seiner grauen, schwungvoll gewölbten Oberfläche wie unentwickelte Gliedmaßen. Die Blätter und Zweige über mir sangen das Lied weiter, das mich in Schlaf gesungen hatte, nur jetzt schien es meinem Gefühl wie ›Lebewohl‹ und ›gute Reise‹. Ich saß noch lange dort, ohne gehen zu wollen, doch meine unbeendete Geschichte drängte mich vorwärts. Ich mußte handeln und weitergehen. Als die Sonne schon eine Weile aufgegangen war, erhob ich mich, legte meine Arme soweit sie reichten um die Buche, küßte sie und sagte Auf Wiedersehen. Ein Zittern ging durch die Blätter, einige der letzten Tropfen vom nächtlichen Regen fielen herunter zu meinen Füßen, und wie ich langsam fortging, schien ich in einem Flüstern nochmals die Worte zu hören: »Ich darf ihn lieben, ich darf ihn lieben, denn er ist ein Mensch und ich bin nur eine Buche.«

KAPITEL V

Und sie war weich und voll, als hätt' ein Strom
Von Leben sie bespült, als läge nur ein Schlaf
Auf ihren Lidern, leichter abzustreifen
Als eine Biene vom Maßliebchen.

Beddoe, Pygmalion

Wie neugeboren ging ich in der frischen Morgenluft weiter. Meine Freude wurde durch den immer wiederkehrenden Gedanken an meine Gastgeberin der letzten Nacht gedämpft wie von einer leichten Wolke aus Bedauern und Wonne. An jenem Tag unterschied sich der Wald nur wenig von dem in meinem eigenen Land, nur die kleinen Tiere, Kaninchen, Vögel, Eichhörnchen, Mäuse und all die zahlreichen anderen Waldbewohner waren hier sehr zahm, das heißt, sie liefen nicht vor mir fort, sondern sahen mich an, wenn ich vorbeiging, kamen auch oft heran, als wollten sie mich genauer untersuchen. Ab und an erschien und verschwand in einiger Entfernung eine undeutliche menschliche Gestalt zwischen den Bäumen, die sich bewegte wie ein Schlafwandler. Aber niemand näherte sich mir je.

An diesem Tag fand ich genug Nahrung im Wald – Nüsse und Früchte, die ich nie zuvor gesehen hatte. Ich zögerte, sie zu essen, schloß aber, daß wenn ich die Luft in Feenland atmen könne, auch seine Früchte mich ernähren würden. Meine Überlegung stellte sich als richtig heraus, und das Ergebnis war besser, als ich gehofft hatte, denn diese Nahrung stillte nicht nur meinen Hunger, sondern beeinflußte so meine Sinne, daß ich eine weit engere Beziehung zu meiner Umgebung bekam. Die menschlichen Gestalten wirkten näher und deutlicher, greifbarer sichtbar sozusagen. Ich schien genauer zu wissen, welche Richtung ich einschlagen mußte, wenn Zweifel aufkamen. Auch verstand ich in gewissem Ausmaß, was die Vögel in ihren Liedern sangen, obwohl ich es nicht in Worte fassen konnte. Manchmal fand ich mich dabei wieder, wie ich, zu meiner Überraschung, aufmerksam zuhörte, wenn sich zwei Eichhörnchen unterhielten. Ihre Gespräche waren nicht sehr interessant, außer was die Lebensumstände und Bedürfnisse der kleinen Wesen betraf: wo es in der Nähe die besten Nüsse gab, wer sie am besten knacken konnte, oder wer am meisten für den Winter gesammelt hatte; nie sagten sie, wo sich das Lager befand. Eigentlich unterschied sich ihr Gespräch nur wenig von unseren normalen Alltagsunterhaltungen. Einige der Geschöpfe hörte ich nicht sprechen; ich glaube auch, daß sie es außer unter dem Druck einer großen Aufregung überhaupt nie tun.

Kurz nach Mittag gelangte ich zu einem kahlen, felsigen Hügel, der sehr steil, jedoch nicht hoch war. Da keine Bäume – selten einmal ein Busch – darauf wuchsen, war er völlig der Sonnenhitze ausgesetzt. Mein Weg schien über ihn zu führen, und ich begann sogleich mit dem Aufstieg. Als ich, erhitzt und verdrossen, den Gipfel erklettert hatte, sah ich, daß der Wald sich nach allen Seiten ausdehnte, soweit das Auge reichte. Ich bemerkte, daß in Richtung meines Abstieges die Bäume nicht so dicht am Fuß des Hügels wuchsen wie auf der anderen Seite. Mein Blick traf auf einen natürlichen Pfad, der sich durch heruntergestürzte Felsen und an einem schmalen Rinnsal entlang abwärts wand und der mich, wie ich hoffte, bequem zum Fuß des Hügels führen würde. Ich schlug den Weg ein und fand den Abstieg überhaupt nicht mühsam. Dennoch war ich sehr müde und von der Hitze erschöpft, als ich unten ankam. Doch genau dort, wo der Pfad scheinbar endete, erhob sich ein mächtiger Fels, überwachsen mit niederen Sträuchern und kriechenden Pflanzen, von denen einige wunderschön und leuchtend blühten. Sie bedeckten fast vollständig eine Öffnung im Felsen, in welche der Pfad hineinführte. Ich trat ein, nach dem Schatten dürstend, den sie versprach. Welches Vergnügen war es, eine felsige Kammer zu finden, wo jede Ecke von dickem Moos gerundet und wo jeder Vorsprung, jeder Rand von zartem Farn bewachsen war, dessen Vielfalt der Form, Gruppierung und Farbtöne mein Inneres berührten wie ein Gedicht, denn solche Harmonie konnte es nur geben, wenn alles sich zu einem Ziel verband. Eine kleine Quelle von klarstem Wasser füllte eine bemooste Vertiefung in einem Winkel. Ich trank, und plötzlich glaubte ich zu wissen, wie das Wasser des Lebens sein muß. Dann warf ich mich auf eine moosbewachsene Erhebung, die sich wie eine Bank an der hinteren Seite der Höhle erstreckte. Hier lag ich eine Weile in köstlichen Träumereien, während alle lieblichen Figuren, Farben und Töne mein Gehirn als einen gemeinsamen Raum zu gebrauchen schienen, in welchem sie kommen und gehen konnten, ungebeten und unentschuldigt. Ich hätte nie gedacht, daß ich zu so einfachem Glücklichsein fähig wäre, wie es jetzt von dieser Versammlung der Gestalten und geistigen Empfindungen erweckt wurde, von Dingen, die doch viel zu

Der Sonnenstrahl hatte jetzt nämlich die von mir freigelegte Fläche erreicht ...

undeutlich waren, um ein Übertragen in Begriffe zuzulassen, wie sie meinem Denken oder dem anderer vertraut sind.

Ich hatte eine Stunde gelegen (es mag auch viel länger gewesen sein), als ich, während die harmonische Fülle von Gedanken langsam nachließ, mir bewußt wurde, daß meine Augen auf einem seltsamen, von den Jahren abgenutzten Basrelief im gegenüberliegenden Felsen ruhten. Dies, fand ich nach einigem Überlegen heraus, war eine Darstellung von Pygmalion, der auf das Erwachen seiner Statue zum Leben wartet. Die Haltung des Bildhauers wirkte starrer, als die der Statue, auf die sein Blick gerichtet war. Jene schien im Begriff, von ihrem Sockel zu steigen und den Mann zu umarmen, der eher wartete als hoffte. »Eine wunderschöne Geschichte«, dachte ich bei mir. »Diese Höhle könnte, wenn man die Büsche am Eingang schneiden würde, um das Licht hereinzulassen, ein Ort sein, wie er ihn wählen würde – abseits jeder menschlichen Beachtung – um dort seinen Marmorblock aufzustellen und ihn, der in seinen Gedanken schon Gestalt angenommen hat, zu einem sichtbaren Körper zu formen. »Und tatsächlich, wenn ich mich nicht irre«, sagte ich, und sprang auf, als plötzlich ein Lichtstrahl, der in diesem Moment durch einen Riß in der Decke fiel und einen kleinen, unbewachsenen Teil des Felsens beleuchtete, »besteht eben dieser Fels aus Marmor, weiß genug und fein genug für jede Statue, sogar wenn es ihr bestimmt ist, in den Armen des Bildhauers zur idealen Frau zu werden.«

Ich nahm mein Messer und entfernte das Moos von einem Teil des Blocks, auf dem ich gelegen hatte. Ich fand zu meiner Überraschung, daß er mehr Alabaster ähnelte als normalem Marmor und weich der Messerschneide nachgab. Es war tatsächlich Alabaster. Getrieben von einem unerklärbaren Impuls entfernte ich noch mehr Moos von der Oberfläche des Steins und sah bald, daß er auf allen Seiten poliert oder wenigstens glatt war. Ich setzte meine Arbeit fort, und nachdem ich eine Fläche von etwas mehr als einem Quadratmeter gesäubert hatte, sah ich etwas, das mich bewog, noch interessierter und vorsichtiger weiterzuarbeiten als zuvor. Der Sonnenstrahl hatte jetzt nämlich die von mir freigelegte Fläche erreicht und unter

diesem Licht erschien der Alabaster in seiner im polierten Zustand üblichen, leichten Transparenz außer an den Stellen, wo mein Messer die Oberfläche verkratzt hatte. Ich bemerkte, daß die Transparenz genau begrenzt war und an einem soliden, undurchsichtigen Körper aus etwas wie weißem Marmor endete. Ich bemühte mich, keine Kratzer mehr zu verursachen. Bald wich die vage Ahnung einer überraschenden Vermutung; dann, als ich fortfuhr, erzeugte eine Enthüllung nach der anderen die bezaubernde Erkenntnis, daß unter der Alabasterschicht eine undeutlich sichtbare, marmorne Gestalt lag, doch ob Mann oder Frau konnte ich noch nicht erkennen. Ich arbeitete weiter, so schnell es die notwendige Vorsicht erlaubte, und als ich das Gebilde enthüllt, mich von den Knien erhoben und einige Schritte rückwärts getan hatte, so daß mein Blick das Ganze erfassen konnte, sah ich vor mir – ausreichend klar und doch undeutlich durch den Mangel an Licht und die Natur des Gegenstandes selbst – einen Block von reinstem Alabaster, der die offensichtlich marmorne Gestalt einer ruhenden Frau einschloß. Sie lag auf der Seite, eine Hand unter der Wange und ihr Gesicht mir zugewandt, welches jedoch teilweise von ihrem Haar verdeckt war, so daß ich seinen Ausdruck nicht erkennen konnte. Was ich sah, war jedoch von vollendetem Liebreiz, jenem Gesicht ähnlicher, das mit mir in meiner Seele geboren worden war, als irgendeinem, das ich in Natur oder Kunst gesehen hatte. Alle anderen Konturen des Körpers zeigten sich so undeutlich, daß dafür kaum die milchige Durchsichtigkeit des Alabasters allein verantwortlich sein konnte; ich nahm an, daß ein leichtes Gewand zur Undurchsichtigkeit beitrug. Zahlreiche Geschichten gingen mir durch den Kopf von Wesensänderungen durch Verzauberung und andere Ursachen, von Menschen, die in Gegenständen gefangen waren wie diese Frau im Stein zu meinen Füßen. Ich dachte an den Prinzen in der verzauberten Stadt, halb Marmor und halb lebendiger Mensch, an Ariel, an Niobe, an Dornröschen im Walde, an die blutenden Bäume und an viele andere Geschichten. Sogar mein Abenteuer vom vorigen Abend mit der Dame vom Buchenbaum trug dazu bei, in mir die wilde Hoffnung zu erzeugen, daß es ein Mittel geben könnte, auch diesen Körper zum Leben zu erwecken, und daß eine Frau aus dem alabasternen Grabe hervorsteigen und meine Augen mit ihrer Gegenwart selig machen könnte. »Denn«, dachte ich mir, »wer weiß, ob diese Höhle nicht die Wiege des Marmors ist und ob nicht dieser ursprüngliche Marmor, der Geist des Marmors, der überall gegenwärtig ist, es möglich macht, zu jeder Form gestaltet zu werden? Und wenn sie erwachen würde! Aber wie sie erwecken? Ein Kuß erweckte Dornröschen! Doch ein Kuß kann sie durch den umgebenden Alabaster nicht berühren.« Ich kniete dennoch nieder und küßte den bleichen Sarg, aber sie schlief fort. Ich besann mich auf Orpheus und die Steine, die ihm folgten – daß Bäume auf seine Musik reagierten schien mir nun nichts Überraschendes mehr. Vermöchte nicht ein Lied diesen Körper zu beleben, so daß die Herrlichkeit der Bewegung für eine Weile der Lieblichkeit der Ruhe Platz machte? Ich setzte mich und dachte nach.

Es war aber so, daß ich des Singens nicht mächtig gewesen war, bevor ich den Feenwald betrat, obwohl ich Musik immer geliebt hatte. Eine gute Stimme und ein Gefühl für Töne besaß ich zwar, aber wenn ich zu singen versuchte, konnte das eine dem anderen nicht genügen, und so blieb ich still. An jenem Morgen jedoch war ich überraschend gewahr geworden, wie ich mich eines eigenen Liedes erfreute, ohne mir des Singens bewußt zu sein, aber ob das geschehen war, bevor oder nachdem ich von den Früchten dieses Waldes gegessen hatte, konnte ich nicht mehr genau sagen. Ich nahm auch an, daß der verstärkte Drang zum Singen, den ich jetzt spürte, dem Wasser der kleinen Quelle zuzuschreiben war, aus der ich getrunken hatte, und die wie ein glänzendes Auge aus einem Winkel der Höhle schimmerte. Ich setzte mich neben den alabasternen Block, lehnte mich darauf, das Gesicht dem Kopf der darin liegenden Gestalt zugewandt und sang – Töne und Worte flogen mir gemeinsam zu, untrennbar ver-

bunden als wären sie Eines, ununterscheidbar, als gehörte jedem Wort sein eigener Ton – ich sang in einem Zustand unbeschreiblich erhobenen Gemüts, hoch über allem Begreifen und der Kraft der Erinnerung spottend.

Während ich sang, betrachtete ich ernsthaft das so undeutlich vor mir liegende Gesicht. Ich bildete mir ein – oder hielt es für Einbildung – daß ich durch den trüben Schleier von Alabaster eine Bewegung des Kopfes sah wie hervorgerufen durch einen leichten Seufzer. Ich sah genauer hin, blickte durch das steinerne Leichentuch, als könnte ich nur durch die Kraft des durchdringenden Blickes jede Linie des lieblichen Gesichts erkennen. Und diesmal dachte ich, daß sich die Hand unter dem Gesicht ein Stückchen bewegt habe. Aber ich war nicht sicher, ob ich vorher ihre Lage richtig gesehen hatte. Und so sang ich weiter, denn die Sehnsucht, sie lebendig zu sehen, war zu einem leidenschaftlichen Bedürfnis geworden.

Da vernahm ich ein leises, knirschendes Geräusch. Wie eine plötzliche Erscheinung, die blitzartig kommt und geht, brach eine helle Gestalt, in ein Gewand von lichtem Weiß gehüllt, aus dem Stein hervor, stand, glitt vorwärts und bewegte sich schimmernd auf den Wald zu. Ich folgte ihr zum Eingang der Höhle, sobald mir die Überraschung und die Fülle der Freude wieder erlaubten, mich zu bewegen. Und ich sah die weiße Gestalt zwischen den Bäumen, sah wie sie die Lichtung am Waldrand durchquerte, auf die voll das Sonnenlicht fiel, sich scheinbar mit stärkerem Leuchten auf dem Wesen verdichtend, das durch diesen See von Strahlen mehr schwebte als wandelte. Ich blickte fast verzweifelt hinter ihr her – gefunden, befreit, verloren! Es erschien sinnlos, ihr zu folgen, und doch mußte ich es tun. Ich merkte mir die Richtung, die sie einschlug, und ohne mich noch einmal zu der verlassenen Höhle umzudrehen, hastete ich dem Wald zu.

KAPITEL VI

*Ach hüte sich doch ein Mensch, wenn seine erfüllten
Wünsche auf ihn herabregnen, und er so über alle Maße
fröhlich ist!*

Fouqué, Der Zauberring

Als ich jedoch das Gelände zwischen dem Fuß des Hügels und dem Wald überquerte, verzögerte eine andere Erscheinung meine Schritte. Durch eine nach Westen geöffnete Lücke zwischen den Bäumen flossen wie ein Bach die Strahlen der untergehenden Sonne und überströmten die Stelle, an der ich stand, mit rötlichem Glanz. Wie an diesem Bach entlang kam ein Reiter auf mich zu, scheinbar in roter Rüstung. Auch das Pferd leuchtete vom Kopf bis zum Schweif rot im Sonnenuntergang. Ich hatte das Gefühl, den Ritter schon einmal gesehen zu haben, aber als er sich näherte, konnte ich mich an keinen seiner Züge erinnern. Bevor er mich erreichte, fiel mir die Geschichte vom Ritter Parzival in der roten Rüstung ein, die ich in dem alten Buch in der Hütte nicht zu Ende gelesen hatte. Und tatsächlich, als er nah herangekommen war, sah ich, daß die ganze Oberfläche seiner Rüstung vom Helm bis zu den Füßen mit dünnem Rost überzogen war. Die goldenen Sporen glänzten, doch die eisernen Beinschienen glühten im Sonnenlicht. Der Morgenstern, der an seiner Seite hing, glitzerte und funkelte von Silber und Bronze. Seine ganze Erscheinung war furchterregend, sein Gesicht jedoch war traurig, fast schwermütig. Trotzdem war es edel und vornehm; und seine Gestalt sah erhaben aus, obwohl er den Kopf gesenkt hatte und sich gebeugt hielt wie von innerem Schmerz. Das Pferd schien die Niedergeschlagenheit seines Herrn zu teilen und ging langsam und mutlos. Ich bemerkte auch, daß der weiße Federbusch auf seinem Helm verblichen war und herabhing. »Er ist im Turnier besiegt worden«, sagte ich mir, »und doch steht es einem Ritter nicht an, im Geiste geschlagen zu sein, wenn sein Körper besiegt wurde.« Er schien mich nicht zu bemerken, denn er ritt vorbei ohne aufzusehen, doch richtete er sich plötzlich zu kriegerischer Haltung auf, als meine Stimme ihn erreichte. Dann überzog eine Röte, als würde er sich schämen, den Teil seines Gesichts, den sein Visier freiließ. Er gab meinen Gruß mit kühler Höflichkeit zurück und zog weiter. Aber plötzlich zügelte er sein Pferd, saß einen Moment still, drehte um und ritt auf die Stelle zu, an der ich stand und ihm nachsah.

»Ich schäme mich meiner – eines Ritters unwürdigen – Erscheinung«, sagte er, »aber ich fühle mich verpflichtet, Euch zu warnen, denn das gleiche Übel mag auf seine Art den Sänger treffen, wie es den Ritter traf. Habt Ihr je die Geschichte von Ritter Parzival und der« (hier schauderte er, daß seine Rüstung klang) »Jungfrau vom Erlenbaum gehört?«

»Ja, teilweise«, sagte ich, »denn gestern bei meinem Eintritt in diesen Wald fand ich ein Buch, in dem sie verzeichnet ist.«

»Dann seht Euch vor«, erwiderte er, »denn: seht meine Rüstung; ich legte sie ab, und wie es ihm geschah, geschah es auch mir. Ich, der ich stolz war, bin jetzt demütig. Und doch ist sie äußerst schön – hütet Euch. Niemals«, fügte er hinzu und erhob den Kopf, »wird diese Rüstung von etwas anderem als den Streichen ritterlicher Begegnungen poliert, bis jeder Fleck verschwunden ist durch die Hiebe von Streitaxt und Schwert der Bösewichter oder edlen Gegner, dann werde ich den Kopf wieder erheben und zu meinem Knappen sagen: Tu wieder deine Pflicht und laß diese Rüstung glänzen.«

Bevor ich genauer nachfragen konnte, hatte er seinem Pferd die Sporen gegeben und war davongaloppiert; meine Stimme wurde vom Lärm seiner Rüstung überdeckt. Ich rief hinter ihm her, begierig, mehr über diese furchtbare Zauberin zu erfahren, aber umsonst – er hörte mich nicht. »Doch bin ich jetzt oft gewarnt worden«, sagte ich mir, »und bestimmt werde ich mich vorsehen, obwohl ich sicher bin, daß ich von keiner Schönheit, so schön sie auch sein mag, bestrickt werden kann. Zweifellos ist es möglich, daß ihr jemand entkommt, und das werde ich sein.« So ging ich weiter in den Wald hinein, immer noch hoffend, in einem seiner verborgenen Winkel meine verlorene Marmordame wiederzufinden. Der sonnige Nachmittag verglomm zum wunderbarsten Zwielicht. Große Fledermäuse begannen umherzuflattern in ihrem eigenartigen, lautlosen Flug, scheinbar absichtslos, denn ihre Ziele sind unsichtbar. Der monotone Ruf der Eule erklang aus allen Winkeln des Halbdunkels um mich her. Glühwürmchen leuchteten hier und da und ihr Licht verlor sich in der Weite. Der Nachtfalke erhöhte die Harmonie und Ruhe durch seinen immer wiederkehrenden, dissonanten Schrei. Unbekannte Laute kamen aus der unbekannten Dämmerung, doch alle waren leise, das

Herz bedrückend wie mit einem Nebel von träumerisch unbestimmtem Lieben und Sehnen. Die Wohlgerüche der Nacht stiegen auf und badeten mich in der ihnen eigenen, üppigen Melancholie, als hätte man die ihren Duft verströmenden Pflanzen mit vergangenen Tränen begossen. Die Erde zog mich herab, und ein Gefühl als könnte ich niederfallen und sie küssen überkam mich. Ich vergaß, daß ich im Feenland war und glaubte, durch eine wunderbare Nacht unserer eigenen, alten, nährenden Erde zu wandern. Große Stämme reckten sich hoch über mich und stützten ein dichtes, vielfältiges Dach aus Ästen, Zweigen und Blättern: die Welt der Vögel und Insekten mit eigenen Landschaften, eigenen Dickichten, Pfaden, Lichtungen und Behausungen, mit eigenen Vogelsitten und Insektenlustbarkeiten. Große Äste überspannten meinen Weg, große Wurzeln stützten die Baumsäulen und griffen machtvoll in die Erde, stark um zu heben, stark um zu halten. Der Wald schien sehr, sehr alt und vollendet in jeder Beziehung. In dieser Verzückung stellte ich mir vor, daß unter irgendeinem dichten Baldachin von Blättern, an einem der riesigen Stämme oder in einer moosbewachsenen Höhle oder an einer laubverhangenen Quelle die Marmordame saß, die meine Lieder in die Welt gerufen hatte, die (war es nicht möglich?) wartete, um ihrem Befreier zu begegnen und zu danken, in einem Zwielicht, das ihre Verwirrung verbergen würde. Die ganze Nacht wurde zum Traumreich der Freude, dessen Hauptfigur allgegenwärtig und doch ungesehen war. Und ich sang. »Denn«, dachte ich, »hatte ich sie nicht singend aus dem Marmor hervorgerufen, die perlengleiche Bedeckung von Alabaster durchdringend; warum sollte meine Stimme sie jetzt nicht erreichen, durch die Ebenholznacht, die sie umgibt«? Da hörte ich in meiner Nähe ein leises, köstliches Lachen. Es war kein Lachen von jemandem, der nicht gehört werden möchte, sondern von jemandem, der eben etwas erhalten hat, was er sich lange und geduldig wünschte – ein Lachen, das in einem leisen, musikalischen Klagelaut endete. Ich erschrak und sah, mich zur Seite wendend, eine undeutliche, weiße Gestalt, die neben einem wilden Gebüsch von kleineren Bäumen und Unterholz saß.

»Es ist meine weiße Dame!« sagte ich und warf mich neben ihr zu Boden, versuchte durch die zunehmende Dunkelheit, einen flüchtigen Blick von der Gestalt zu erhaschen, die auf meinen Ruf ihr marmornes Gefängnis gesprengt hatte.

»Es ist Eure weiße Dame«, erwiderte die süßeste Stimme, und ein Schauer sprachlosen Glücks ging durch mein Herz. Und doch, ich mußte zugeben, daß da etwas war, – entweder im Klang der Stimme, obwohl er die Süße selbst zu sein schien, oder in diesem Nachgeben, das keine zärtliche Annäherung erwartete, – etwas, das nicht harmonisch zu meiner inneren Musik klang. Und sogar als ich, ihre Hand in meine nehmend, mich ihr näherte, nach der Schönheit ihres Gesichts blickend, die wahrhaft allzu vollendet war, durchlief mich ein kaltes Schaudern; doch ich sagte mir: »Das ist der Marmor« und beachtete es nicht.

Sie entzog mir ihre Hand und wollte mir später kaum eine Berührung erlauben. Es erschien nach dem Überschwang ihres ersten Grußes seltsam, daß sie mir nicht trauen wollte, wenn ich mich näherte. Obwohl sie die Worte einer Liebenden sprach, blieb sie zurückgezogen, als läge eine Kluft zwischen uns.

»Warum seid Ihr fortgelaufen, nachdem Ihr in der Höhle erwacht wart?« fragte ich.

»Habe ich das getan?« erwiderte sie, »Das war sehr unhöflich von mir, aber ich konnte nicht anders.«

»Ich wünschte, ich könnte Euch sehen. Die Nacht ist so dunkel.«

»Das ist wahr. Kommt in meine Grotte. Dort ist Licht.«

»Ihr habt also noch eine Höhle?«

»Kommt mit und seht sie Euch an.«

Aber sie erhob sich nicht, bis ich zuerst aufgestanden war, und dann stand sie aufrecht, bevor ich ihr meine Hand zur Hilfe anbieten konnte. Dicht neben mir gehend, führte sie mich durch den Wald. Doch ein- oder zweimal, als ich ihr fast unfreiwillig den Arm um die Schultern legen wollte, während wir durch die warme Dunkelheit gingen, sprang sie mehrere Schritte fort, mir immer ihr Gesicht zuwendend, und stand dann leicht gebeugt da, ihre Blicke auf mich gerichtet wie jemand, der einen kaum sichtbaren Feind fürchtet. Es war zu dunkel, um den Ausdruck ihres Gesichts erkennen zu können. Dann kam sie zurück und ging wieder neben mir her, als sei nichts geschehen. Ich fand ihr

Ich erschrak und sah, mich zur Seite wendend, eine undeutliche weiße Gestalt ...

Benehmen sonderbar, aber ich hielt es für unangebracht von jemandem, der so lange geschlafen hatte und so plötzlich geweckt worden war, ein Verhalten zu erwarten, wie ich es gedankenlos vorausgesetzt hatte. Ich kannte die Träume ihres langen Schlafes nicht.

Wir erreichten schließlich, nachdem wir lange durch den Wald gegangen waren, ein Dickicht, durch dessen Geflecht ein blasses, rosiges Licht schimmerte.

»Schiebt die Zweige zur Seite und schafft uns Platz zum Eintreten!« sagte sie. Ich tat, was sie verlangte.

»Geht hinein«, sagte sie, »ich werde Euch folgen.« Ich gehorchte ihr wieder und gelangte in eine kleine Höhle, der Marmorhöhle nicht unähnlich. Sie war mit Girlanden geschmückt und drapiert mit allen Arten von grünen Pflanzen, die sich an schattige Felsen klammerten. In der äußersten Ecke, halb von Blättern bedeckt, die sie durchglühte, und zarte Schatten werfend, brannte eine helle, rosenrote Flamme in einer kleinen, irdenen Lampe. Die Dame glitt an der Wand entlang hinter mir hervor, mir immer noch das Gesicht zuwendend und setzte sich in den hintersten Winkel, mit dem Rücken zur Lampe, die sie so völlig vor mir verbarg. Da sah ich wirklich ein Wesen von höchstem Liebreiz vor mir. Es wirkte fast, als scheine das Licht der Rosenlampe durch sie hindurch, solch sanfter Schimmer von Rosa überzog, was in sich die Farbe weißen Marmors haben mußte. Ich bemerkte jedoch später, daß mir nicht gefiel, daß das Weiß der Augen denselben, rosigen Farbton aufwies wie die übrige Gestalt. Es ist eigenartig, daß ich mich ihrer Züge nicht entsinne, aber sie hinterließen in mir, wie auch ihr mädchenhaftes Äußeres, ganz einfach den Eindruck von höchstem Liebreiz. Ich legte mich zu ihren Füßen nieder und blickte aus dieser Stellung zu ihrem Gesicht auf.

Sie begann, mir ein wundersames Märchen zu erzählen, das mir ebenfalls nicht in Erinnerung geblieben ist, das aber bei jeder Wendung, jeder Unterbrechung meine Augen und Gedanken auf die große Schönheit der Dame richtete, indem es immer in etwas gipfelte, das eine offene oder verborgene, aber stets wirksame Beziehung zu ihren eigenen Reizen hatte. Ich lag verzaubert da. Das Märchen rief Gefühle hervor wie von Schnee und Stürmen, Wildbächen und Wassergeistern, Liebenden, die lange getrennt waren und sich endlich wiedersahen, und einer herrlichen Sommernacht, die das Ganze abschloß. Ich hörte zu, bis sie und ich in dem Märchen verbunden waren, bis sie und ich die ganze Geschichte lebten. Und wir hatten uns endlich in dieser begrünten Höhle wiedergefunden, während die Sommernacht uns mit der schweren Fülle der Liebe umgab; die Düfte, die aus den schlafenden Wäldern durch die Stille zogen, waren das einzige Zeichen einer äußeren Welt, das zu unserer Einsamkeit vordrang. Ich kann mich nicht genau erinnern, was dann geschah. Der darauf folgende Schrecken löschte es fast völlig aus. Ich erwachte, als graue Dämmerung sich in die Höhle stahl. Die Frau war verschwunden, aber im Gesträuch der Öffnung der Höhle stand ein schreckliches Ding. Es sah aus, wie ein auf der Schmalseite stehender, offener Sarg, nur daß der Teil für Kopf und Hals von dem Teil für die Schultern abgesetzt war. Eigentlich war es die grobe Darstellung eines menschlichen Umrisses, nur hohl, wie aus Borke hergestellt, die man von einem Baum gerissen hat. Es hatte Arme, die vom Schulterblatt bis zum Ellenbogen nur angedeutet waren, als sei die Borke nach dem Schnitt eines Messers wieder verheilt. Aber die Arme bewegten sich, und die Hände und Finger zerrissen eine lange, seidige Haarlocke. Das Ding drehte sich um – sein Gesicht und seine Vorderseite waren die meiner Zauberin, doch jetzt, im Licht des Morgens, von grünlichem Schimmer und mit toten, glanzlosen Augen. In diesem furchtbaren Moment überkam mich noch ein Schreck. Ich griff an meine Taille und stellte fest, daß mein Gürtel von Buchenblättern tatsächlich fort war. Und in ihren Händen hielt sie Haar, das sie wütend zerriß. Als sie sich umdrehte, lachte sie wieder ein leises Lachen, diesmal voller Spott und Verachtung. Dann sagte sie, wie zu einem Gefährten, mit dem sie sich unterhalten hatte, während ich schlief: »Da ist er. Du kannst ihn jetzt haben.« Ich lag unbeweglich, versteinert von Entsetzen und Angst, denn jetzt sah ich eine andere Gestalt neben ihr, welche ich, obwohl sie nur undeutlich sichtbar war, nur zu gut erkannte. Es war der Eschenbaum. Meine Schönheit war die Jungfer von der Erle! Und sie gab mich in die Hände meines entsetzlichen Gegners. Der Eschengeist beugte sein Gorgonenhaupt und betrat die Höhle. Ich konnte mich nicht rühren. Er näherte sich mir. Seine dämonischen Augen und sein scheußliches Gesicht fesselten mich. Er kam sich niederbeugend herbei, mit seiner schauerlichen, ausgestreckten Hand, wie ein beutegieriges Tier. Ich hatte mich schon auf einen Tod von unfaßbarer Gräßlichkeit gefaßt gemacht, als plötzlich, genau als er mich packen wollte, der dumpfe, schwere Schlag einer Axt durch den Wald hallte, dem in kurzem Abstand weitere Schläge folgten. Der Eschengeist schauderte und ächzte, zog die ausgestreckte Hand zurück, bewegte sich rückwärts zum Eingang der Höhle, drehte sich dann um und verschwand zwischen den Bäumen. Die andere wandelnde Todesgestalt sah mich noch einmal mit gleichgültiger Ablehnung auf ihren schön geformten Zügen an, drehte mir dann, ohne ihre hohle Verformung weiter zu verbergen, ihren widerwärtigen Rücken zu und verschwand gleichfalls in dem grünen Halbdunkel der Bäume. Ich lag da und weinte. Die Jungfrau vom Erlenbaum hatte mich zum Narren gehalten, fast getötet, und das trotz aller Warnungen, welche ich von jenen erhalten hatte, die meine Gefährdung kannten.

KAPITEL VII

Kämpft weiter, Männer, Ritter Andrew spricht,
Bin wohl verletzt, doch nicht geschlagen.
Ich leg mich, bis das Blut versiegt,
Erheb mich dann wieder, mein Schwert zu tragen.

Ballade von Ritter Andrew Barton.

Ich konnte nicht länger bleiben, obwohl mir das Tageslicht zuwider war und der Gedanke an den großartigen, unschuldigen, kühnen Sonnenaufgang unerträglich. Hier gab es keine Quelle, mein Gesicht zu kühlen, das von der Bitterkeit meiner Tränen schmerzte. Ich hätte mich in jener Grotte nicht waschen mögen, selbst wenn die Quelle von paradiesischer Klarheit gewesen wäre. Ich erhob mich und verließ die Grabeshöhle. Ich ging meinen Weg, ohne zu wissen, wohin, doch weiter dem Sonnenaufgang entgegen. Alle Geschöpfe sprachen eine eigene Sprache, mit der ich nichts zu tun hatte, und zu der ich den Schlüssel nicht mehr finden wollte. Was mich am meisten quälte – mehr noch als meine eigene Torheit – war die bestürzende Frage: wie können Schönheit und Häßlichkeit so nah beieinander liegen? Sogar mit der veränderten Hautfarbe und dem Ausdruck der Ablehnung – losgelöst von meinem Glauben, der sie umgeben hatte, mir als lebendes, wandelndes Grab bewußt, gottlos, betrügerisch, verräterisch – trotz alldem fühlte ich, daß sie schön war. Darüber grübelte ich mit unverminderter Bestürzung nach, doch nicht, ohne daraus zu lernen. Dann begann ich Vermutungen bezüglich meiner Befreiung anzustellen und schloß, daß irgendein Held, auf der Suche nach Abenteuern gehört haben mochte, von wem der Wald unsicher gemacht wurde. Da er wußte, daß es sinnlos sein würde, das böse Wesen selbst anzugreifen, hatte der Held den Körper, den der Geist bewohnte und von dem seine Macht, im Wald Schaden anzurichten, abhing, mit seiner Streitaxt angegriffen.« Es ist sehr wahrscheinlich«, dachte ich, »daß der büßende Ritter, der mich gewarnt hatte, dabei war, seine verlorene Ehre zurückzugewinnen, während ich der gleichen Verführung zum Opfer fiel wie einstmals er; und nachdem er von dem gefährlichen Wesen gehört hatte, erreichte er die Esche genau rechtzeitig, um mich davor zu bewahren, vom Eschengeist zu seinen Wurzeln gezerrt und wie Aas darunter begraben zu werden, als Nahrung für noch tiefere Unersättlichkeit.« Ich fand später heraus, daß meine Annahme richtig gewesen war. Ich fragte mich, wie es dem Ritter ergangen sein mochte, als seine Hiebe den Eschengeist zurückgerufen hatten; auch davon hörte ich später.

Ich ging den ganzen Tag weiter, machte einige Ruhepausen, ohne jedoch zu essen. Am Nachmittag schien ich mich dem Rand des Waldes zu nähern und kam schließlich bei einem Bauernhaus an. Eine unaussprechbare Freude erhob sich in meinem Herzen, als ich wieder eine menschliche Behausung vor mir sah, und ich eilte zur Tür und klopfte. Eine gütig blickende, gesetzte Frau erschien, die bei meinem Anblick gleich sagte: »Armer Junge, du kommst ja aus dem Wald! Warst du letzte Nacht darin?«

Am Tag zuvor hätte ich kaum geduldet, ›Junge‹ genannt zu werden, aber jetzt ging mir die mütterliche Güte dieses Wortes zu Herzen, und ich brach wirklich wie ein Junge in Tränen aus. Sie beruhigte mich sehr zärtlich und führte mich in ein Zimmer, wo ich mich auf eine Bank legen konnte. Bald kam sie mit Speisen wieder, aber ich konnte nicht essen. Sie zwang mich fast, etwas Wein zu trinken, wonach ich mich soweit erholte, daß ich ihre Fragen beantworten konnte. Ich erzählte ihr alles.

»Es ist genau, wie ich befürchtet habe«, sagte sie; »aber du bist jetzt für die Nacht vor dem Zugriff dieser schrecklichen Wesen sicher. Es ist nicht verwunderlich, daß sie ein Kind wie dich täuschen konnten. Aber ich muß dich bitten, meinem Mann nichts von diesen Ereignissen zu erzählen, wenn er kommt, denn er hält mich für fast verrückt, weil ich an solche Dinge glaube. Doch ich muß meinen Sinnen glauben, wie er nichts glauben kann, was die seinigen übersteigt. Ich meine, er könnte die ganze Mittsommernacht im Wald verbringen und bei der Rückkehr berichten, er habe nichts Schlimmeres als sich selbst gesehen. Und wirklich, mein Junge, er würde auch kaum etwas besseres als sich selbst finden können, wenn er über sieben weitere Sinne verfügen würde.«

»Doch sagt mir, wie kann es sein, daß sie so schön ist, ohne ein Herz zu haben, ja sogar, ohne einen Platz zu haben, an dem ein Herz leben könnte?«

»Ich weiß es nicht genau«, sagte sie, »aber ich bin sicher, sie würde nicht so schön aussehen, wenn sie keine Mittel hätte, sich schöner aussehen zu lassen als sie eigentlich ist. Und dann, weißt du, hast du sie auch schon geliebt, bevor du ihre Schönheit gesehen hattest, denn du hieltest sie für die Marmordame, die wohl von ganz anderer Art ist. Aber was sie hauptsächlich so schön macht ist dieses: obwohl sie keinen Mann liebt, liebt sie die Liebe jedes Mannes; und wenn einer in ihrer Macht ist, wird sie wunderschön durch den Wunsch, ihn zu verzaubern und seine Liebe zu gewinnen (nicht um seiner Liebe willen, sondern um sich durch seine Bewunderung ihrer eigenen Schönheit wieder bewußt zu werden). Diese Schönheit ist jedoch selbstzerstörerisch, denn das ist es, was sie ständig von innen verzehrt, bis schließlich der Verfall ihr Gesicht und ihre Vorderseite erreicht hat. Dann wird die ganze liebliche Maske des Nichts zerbröckeln, und sie wird für immer verschwinden. Das berichtete mir ein weiser Mann, dem sie vor einigen Jahren im Wald begegnete, und dem es trotz seiner Weisheit nicht besser erging als dir. Er verbrachte die darauffolgende Nacht bei mir und erzählte mir sein Abenteuer.« Ich dankte ihr sehr herzlich für ihre Erklärung, obwohl sie nur einen Teil meiner Frage beantwortete. Sie verließ mich dann, damit ich ruhen konnte, obwohl ich eigentlich viel zu erregt war, um ruhen zu können. Ich hörte also einfach nur auf, mich zu bewegen.

Eine halbe Stunde später hörte ich schwere Schritte näherkommen und jemanden ins Haus treten. Eine vergnügte Stimme, deren leichte Rauheit von zu viel Lachen kommen mochte, rief: »Betsy, der Schweinetrog ist fast leer, und das ist nicht gut. Laß sie sich doch vollfressen, Mädchen! Sie sind doch nur dazu da, fett zu werden. Ha, ha, ha. In ihren Geboten ist Völlerei nicht verboten. Ha, ha, ha.« Diese nette und fröhliche Stimme befreite wirklich das Zimmer von der eigentümlichen Stimmung, die allen ungewohnten Orten eigen ist; sie versetzte es aus dem Bereich der Einbildung in die Wirklichkeit zurück. Es begann auszusehen, als hätte ich schon seit zwanzig Jahren jeden Winkel gekannt; und als kurze Zeit später die Hausfrau kam, um mich zum frühen Abendessen zu holen, erzeugte der kräftige Händedruck des Bauern und sein wohlwollendes Vollmondgesicht in mir für einen Augenblick das Gefühl, als könne es so etwas wie das Feenland kaum geben, und alles, was ich seit meinem Aufbruch erlebt hatte, sei nur der Traum einer kranken Einbildung gewesen. Im nächsten Moment fiel mein Blick auf ein kleines Mädchen, das mit einem Buch auf den Knien am Kamin saß und mich aus großen, fragenden Augen ansah. Ich war wieder überzeugt, im Feenland zu sein. Sie las weiter, sobald sie sah, daß ich ihre Beobachtung bemerkt hatte. Ich ging zu ihr, blickte ihr über die Schulter und stellte fest, daß sie »Die Geschichte von Graziosa und Percinet« las.

Währenddessen war der Sohn hereingekommen, wir alle setzten uns zum Abendessen, und ich aß mit Appetit. Meine vergangenen Nöte schienen schon weit entfernt.

»In welche Richtung geht Ihr?« fragte der alte Mann.

»Nach Osten«, antwortete ich und hätte auch nichts genaueres sagen können. »Reicht der Wald in dieser Richtung noch weit?«

»Oh, viele Kilometer, ich weiß nicht, wie weit. Obwohl ich mein ganzes Leben am Waldrand verbracht habe, war ich zu beschäftigt, um Erkundungsreisen zu machen. Ich weiß auch nicht, was es zu erkunden gäbe. Es sind immer nur Bäume, Bäume bis man sie nicht mehr ausstehen kann. Übrigens, wenn man von hier aus dem Weg nach Osten folgt, kommt man an einer Hütte vorbei, die von den Kindern das Haus des Ogers genannt wird, wo Däumling einmal Besuch machte und die kleinen Töchter des Menschenfressers mit ihren goldenen Kronen verspeiste.«

»Aber Vater! Der die Töchter des Menschenfressers verspeiste! Nein, er tauschte nur ihre Kronen gegen Nachtmützen aus, und der große Oger mit den langen Zähnen tötete sie irrtümlich anstatt der sieben Brüder; aber ich glaube nicht, daß er sie wirklich gefressen hat, denn sie waren schließlich seine eigenen, kleinen Menschenfressertöchter.«

»Gut, gut Kind, du weißt das alles viel besser als ich. Nun, auf jeden Fall hat das Haus in einer Gegend wie dieser einen wirklich schlechten Ruf, und ich muß zugeben, daß eine Frau mit ziemlich langen, weißen Zähnen dort wohnt, häßlich genug, um direkter Abkomme des größten Ogers aller Zeiten zu sein. Ich denke, Ihr solltet ihr besser nicht zu nahe kommen.«

Über solchen Gesprächen war die Nacht angebrochen. Als das Abendessen schließlich beendet war, führte mich meine Gastgeberin zu meiner Kammer.

*Doch sobald ich aus dem Fenster sah, überflutete
mich eine Woge von Verwunderung und Sehnsucht.*

»Wenn Ihr nicht schon genug davon hättet, könntet Ihr in einem anderen Zimmer schlafen, das zum Wald hinaus liegt, und von wo aus Ihr höchstwahrscheinlich noch mehr von seinen Bewohnern sehen könntet. Sie gehen häufig am Fenster vorbei und kommen auch manchmal ins Zimmer. Ich bin daran gewöhnt, mir macht es nichts aus. Auch meiner kleinen Tochter nicht, die immer darin schläft. Aber diese Kammer hier blickt nach Süden ins offene Land, dort lassen sie sich nie sehen.« Irgendwie tat es mir leid, daß ich in der Nacht keine Erfahrungen mit den Einwohnern Feenlands sammeln würde, aber dennoch freute ich mich auf eine ungestörte Nacht in menschlicher Umgebung, die mit ihren weißen Vorhängen und weißen Bettlaken sehr einladend auf meine Müdigkeit wirkte.

Am Morgen erwachte ich erfrischt nach einem tiefen, traumlosen Schlaf. Die Sonne stand hoch und schien, als ich aus dem Fenster sah, über weites, leicht hügeliges Ackerland. Alles strahlte im klaren Sonnenlicht. Die Tautropfen glitzerten eifrig, die Kühe auf einer nahegelegenen Wiese grasten, als hätten sie es nicht schon gestern den ganzen Tag lang getan; die Mägde sangen bei der Arbeit, während sie zwischen den Nebengebäuden hin und her gingen. Ich stieg hinunter und fand die Familie schon beim Frühstück. Bevor ich jedoch das Zimmer betrat, worin sie saßen, kam das kleine Mädchen zu mir und schaute in mein Gesicht, als wollte es mir etwas sagen. Ich beugte mich zu ihm hinunter, es legte seine Arme um meinen Hals und flüsterte, den Mund direkt an meinem Ohr: »Eine weiße Dame ist die ganze Nacht ums Haus gehuscht!«

»Kein Flüstern hinter der Tür!« rief der Bauer, und wir kamen zusammen herein. »Nun, wie habt Ihr geschlafen? Keine Gespenster, was?«

»Nicht eines, danke; ich habe ungewöhnlich gut geschlafen.«

»Freut mich zu hören. Kommt und frühstückt.« Nach dem Frühstück gingen der Bauer und sein Sohn hinaus und ich blieb mit Mutter und Tochter allein.

»Als ich heute morgen aus dem Fenster sah«, sagte ich, »war ich fast sicher, daß Feenland nur eine Täuschung meines Gehirns war. Doch jedesmal, wenn ich in Eure Nähe komme oder Eure kleine Tochter ansehe, fühle ich etwas anderes. Noch könnte ich mich

dazu überreden umzukehren um, nach meinen vergangenen Abenteuern, mit derart sonderbaren Wesen nichts mehr zu tun zu haben.

»Wie wollt Ihr zurückgehen« fragte die Frau.

»Ich weiß es wirklich nicht.«

»Ich habe nämlich gehört, daß diejenigen, die nach Feenland kommen, nicht zurück können. Sie müssen weitergehen und es durchqueren. Wie, davon weiß ich nicht das Geringste.«

»Das ist auch mein Eindruck. Irgend etwas zwingt mich, weiterzugehen, als führe der einzig mögliche Weg vorwärts, aber ich fühle mich heute morgen weniger geneigt, meine Abenteuer fortzusetzen.«

»Wollt Ihr mitkommen und das Zimmer meiner kleinen Tochter sehen? Sie schläft in dem, das dem Wald zugewandt ist und von dem ich Euch erzählt habe.«

»Gern«, sagte ich. So gingen wir zusammen, und das kleine Mädchen rannte voraus, um uns die Tür zu öffnen. Das Zimmer war groß und voller altmodischer Möbel, die wohl einst zu einem großen Haus gehört haben mochten. Das Fenster hatte einen leichten Rundbogen und war mit rautenförmigen Scheiben verglast. Die Wand war sehr dick und aus massivem Stein errichtet. Ich konnte sehen, daß dieser Teil des Hauses an die Überreste einer alten Burg oder Abtei gebaut war, deren herabgefallene Steine vermutlich dazu gedient hatten, das Haus fertigzustellen. Doch sobald ich aus dem Fenster sah, überflutete mich eine Woge von Verwunderung und Sehnsucht, wie die Brandung des Meeres. Feenland lag dort vor mir, und zog mich mit unwiderstehlicher Kraft an. Die Bäume badeten ihre großen Häupter in den Fluten des Morgens, während ihre Wurzeln tief in der Dunkelheit verankert waren, außer an jenen Stellen des Waldrandes, wo sich das Sonnenlicht wie Wellen an ihren Stämmen brach oder in langen Strömen durch ihre Reihen floß, die Blätter, die es berührte reinwaschend zu klareren Farben: sattes Braun der modernden Blätter und abgefallenen Zapfen, zarte Grüntöne der langen Gräser und Mooskissen, die den Waldboden bedeckten, worüber der Sonnenschein in bewegungslosen Strömen von Licht flutete. Ich drehte mich eilig um und sagte ohne weitere Verzögerung meiner Gastgeberin Lebewohl. Sie lächelte über meine Hast, blickte jedoch besorgt. »Es ist besser, wenn Ihr nicht in die Nähe des Ogerhauses geht, denke ich. Mein Sohn wird Euch einen anderen Pfad zeigen, der erst hinter dem Haus auf den ersten trifft.« Da ich nicht wieder zu halsstarrig oder dreist sein wollte, stimmte ich zu und ging, nachdem ich mich von meinen freund-lichen Wirtsleuten verabschiedet hatte, dem Wald zu, von dem Knaben begleitet. Er sprach unterwegs kaum ein Wort, sondern führte mich schweigend zwischen den Bäumen hindurch, bis wir zu einem Pfad kamen. Dann sagte er mir, ich solle dem Pfad folgen und verließ mich mit einem gemurmelten »Guten Morgen«.

KAPITEL VIII

Ich bin ein Teil des Teils, der anfangs alles war.

Goethe, Faust

Meine Stimmung hob sich, als ich tiefer in den Wald hineinging, doch ich konnte meine frühere geistige Beweglichkeit nicht zurückgewinnen. Ich wanderte auf gut Glück weiter, bis ich zu einer kleinen Lichtung kam. Mitten auf dieser Lichtung stand eine lange, flache Hütte, deren eine Seite an eine einzelne, hohe Zypresse gebaut war, die sich wie ein spitzer Turm über das Gebäude erhob. Ein leises Unbehagen stieg in mir auf, als ich die Hütte sah, aber ich mußte näher herangehen, und schaute durch eine kleine, halbgeöffnete Tür an der Seite, die der Zypresse gegenüberlag. Es gab keine Fenster. Als ich durch die Tür zum anderen Ende hinüberguckte, sah ich eine Lampe, die mit schwacher, rötlicher Flamme brannte, und den Kopf einer Frau, der heruntergebeugt war, als lese sie bei ihrem Licht. Einige Augenblicke lang war das alles, was ich erkennen konnte. Schließlich, als sich meine Augen an die Dunkelheit gewöhnt hatten, sah ich, daß der Teil des Gebäudes, der in meiner Nähe lag, zu häuslichen Zwecken genutzt wurde, denn mehrere grobe Haushaltsgegenstände lagen hier und da herum, und ein Bett stand in einer Ecke. Eine unwiderstehliche Anziehungskraft ließ mich eintreten. Die Frau erhob ihr Gesicht nicht, aber sobald ich über die Schwelle trat, begann sie, laut zu lesen. Ihre Stimme war weich und recht angenehm, und sie las aus einem kleinen Buch, das sie mit einer Hand offen auf dem Tisch hielt, auf dem die Lampe stand. Was sie las klang ungefähr so:

»Folglich, da die Dunkelheit keinen Anfang nahm, wird sie auch nie ein Ende nehmen. Folglich ist sie ewig. Die Verneinung von allem anderen ist ihre Bestätigung. Wohin das Licht nicht gelangt, dort verweilt die Dunkelheit. Das Licht erzeugt nur eine Höhlung in der endlosen Ausdehnung der Dunkelheit. Und immer wandelt sie auf den Spuren des Lichts, ja sie springt in Fontänen und Quellen mitten hinein aus den geheimen Kanälen ihres mächtigen Meeres. Wahrlich, der Mensch ist nur eine vergehende Flamme, die sich unruhig im umgebenden Dunkel bewegt, ohne welches er nicht leben kann und woraus ein Teil von ihm besteht.« Als ich näher trat und sie weiterlas, bewegte sie sich ein wenig, um eine Seite des dunklen, alten Bandes umzuwenden, da sah ich, daß ihr Gesicht bleich und fast abstoßend war. Sie hatte eine hohe Stirn und schwarze, zur Ruhe gezwungene Augen. Doch sie nahm keine Notiz von mir. In diesem Teil der Hütte standen kaum Möbel außer dem Tisch mit der Lampe und dem Stuhl, auf dem die Frau saß. In einer Ecke befand sich eine Tür, anscheinend von einem Wandschrank; es war aber auch möglich, daß sie in ein dahinterliegendes Zimmer führte. Immer noch drängte mich das unwiderstehliche Verlangen, das mich hatte eintreten lassen: ich mußte jene Tür öffnen und sehen, was dahinter war. Ich trat näher und legte meine Hand auf die grobe Klinke. Da sprach die Frau, ohne jedoch den Kopf zu heben: »Ihr solltet diese Tür besser nicht öffnen.« Das sagte sie ziemlich leise und las dann weiter, teils leise, teils laut. Das Verbot erhöhte jedoch nur mein Verlangen, und da sie mich nicht weiter beachtete, öffnete ich vorsichtig die Tür ganz und sah hinein. Zuerst erblickte ich nichts Bemerkenswertes. Es schien ein normaler Wandschrank zu sein, mit Borden auf beiden Seiten, worauf verschiedene kleine Gegenstände für die bescheidenen Bedürfnisse der Hütte lagen. In einer Ecke standen ein oder zwei Besen, in einer anderen ein Beil und andere Werkzeuge, denen man ansah, daß sie tagtäglich verwendet wurden. Aber als ich genau hinsah, bemerkte ich, daß auf der Rückseite keine Borde waren, und daß ein leerer Raum tiefer hineinführte, der scheinbar an einem sacht schimmernden Vorhang oder einer ebensolchen Wand endete, deren Maße etwas geringer in Breite und Höhe sein mochten als die Türöffnung, in der ich stand. Als ich noch einige Sekunden länger zu dieser schwach erleuchteten Begrenzung hineinblickte, erfaßten meine Augen die wirklichen Verhältnisse. Mit einem Mal sah ich, schaudernd wie jemand, der sich stundenlang in einem Zimmer allein glaubte und sich nun der Gegenwart eines anderen bewußt wird, daß das scheinbar erleuchtete andere Ende des Blickfelds ein nächtlicher Himmel war, erkennbar durch die lange Perspektive eines engen, dunklen Ganges; woraus er gebaut war oder was er durchquerte, vermochte ich nicht zu sagen. Bei schärferem Hinsehen konnte ich deutlich zwei oder drei Sterne erkennen, die in der fernen Bläue schwach glitzerten. Doch plötzlich, als sei sie schon lange mit großer Schnelligkeit auf diesen Punkt zugelaufen, ohne ihre Geschwindigkeit zu verringern, eilte eine dunkle Gestalt durch die ferne blaue Öffnung am anderen Ende in den Gang und lief darin entlang. Ich schreckte zurück und erbebte, konnte jedoch meine Augen nicht abwenden. Die Gestalt kam mit großer Geschwindigkeit immer näher, doch ihr Eintreffen verzögerte sich, bis sie schließlich nach vielen Abstufungen der Annäherung in greifbare Nähe kam, auf mich zueilte und an mir vorbei in die Hütte glitt. Alles, was ich vom Aussehen der Gestalt sagen konnte, war, daß sie einem dunklen, menschlichen Umriß glich. Ihre Bewegungen waren völlig lautlos, und man hätte sie Gleiten nennen können, wenn sie nicht denen eines Läufers mit geisterhaften Füßen geähnelt hätten. Obwohl ich nur wenige Schritte zurückgetreten war, um sie vorbeizulassen, konnte ich sie nicht entdecken, als ich mich nach ihr umsah.

»Wo ist sie?« sagte ich beunruhigt zu der Frau, die immer noch lesend am Tisch saß.

»Dort, auf dem Boden hinter Euch«, sagte sie mit halb ausgestrecktem Arm, doch ohne den Blick zu heben. Dann sah ich mich mit dem Gefühl, daß etwas hinter mir sei, über die Schulter um, und dort auf dem Boden lag ein schwarzer Schatten von der Größe eines Mannes. Er war so dunkel, daß ich ihn deutlich im schwachen Schein der Lampe erkennen konnte, welcher voll auf ihn fiel und seine Farbintensität nicht im geringsten zu vermindern schien.

»Ich sagte Euch doch, Ihr solltet besser nicht in den Wandschrank sehen«, meinte die Frau.

»Was ist das?« fragte ich mit einem wachsenden Gefühl der Angst.

»Das ist nur Euer Schatten, der Euch gefunden hat«, antwortete sie. »Jeder hat einen Schatten, der ihn überall sucht, ich glaube allerdings, daß er in Eurer Welt anders heißt. Der Eurige hat Euch gefunden, so wie es bei jedem wahrscheinlich ist, der in diesen Wandschrank sieht, vor allem, nachdem er jemandem im Wald begegnete, der wohl auch Euch begegnet ist.« Jetzt hob sie zum ersten Mal den Kopf und sah mich direkt an: ihr Mund war voller langer, glänzender, weißer Zähne; da wußte ich, daß ich im Haus des Ogers war. Ich konnte nicht sprechen, sondern drehte mich nur um und verließ das Haus, den Schatten an meinen Fersen. »Was für ein netter Bursche!« sagte ich mir bitter, als ich in den Sonnenschein hinaustrat und ihn, über meine Schulter blickend, noch schwärzer im vollen Glanz des Sonnenlichts liegen sah. Nur wenn ich mich zwischen ihn und die Sonne stellte, verblaßte seine Schwärze. Ich war so entsetzt, ja verstört durch dieses Ereignis und sein plötzliches Eintreten, daß ich mir überhaupt nicht darüber im klaren war, was es bedeuten würde, einen solchen stetigen und seltsamen Diener bei mir zu haben; mit einer schwachen Ahnung, daß meine momentane Ablehnung sich bald in Haß verwandeln würde, zog ich traurig weiter.

Dann sah ich mich mit dem Gefühl, daß etwas hinter mir sei, über die Schulter um . . .

KAPITEL IX

Ach, von der Seele selbst muß kommen
Ein Licht, ein Glanz, ein Schein,
Umhüllend diese Erden –
Und aus der Seele selbst muß sich erheben
Die süße, mächt'ge Stimme, und ihr Werden
Der süßen Klänge Element und Leben.

Coleridge

Von diesem Ereignis bis zu meiner Ankunft im Feenpalast kann ich keinen korrekten Bericht der zeitlichen Abfolge meiner Wanderschaft und ihrer Abenteuer geben. Alles bestand von jenem Moment an nur noch in seiner Beziehung zu meinem Schattenbegleiter. Welchen Einfluß er auf all die Dinge hatte, die mir begegneten, mag aus den im folgenden beschriebenen Begebenheiten erkennbar sein. Zunächst geschah am gleichen Tag, als er sich mir zugesellte, dieses: nachdem ich zwei oder drei Stunden mutlos weitergewandert war, wurde ich sehr müde und legte mich in einem wunderschönen Waldstück nieder, wo die Erde von wilden Blumen übersät war. Eine halbe Stunde lang lag ich in dumpfem Schlummer und erhob mich dann, um meinen Weg fortzusetzen. Die Blumen waren dort, wo ich gelegen hatte, niedergedrückt, ich sah jedoch, daß sie bald wieder ihre Köpfe erheben und sich an Sonne und Wind erfreuen würden. Nicht so jene, auf denen mein Schatten gelegen hatte: seine genauen Umrisse waren im verdorrten Gras und den vertrockneten, versengten Blumen, die dort wuchsen, zu erkennen. Sie waren tot und nicht mehr zu erwecken. Ich schauderte und eilte voll trauriger Ahnungen weiter.

Nach einigen Tagen begann ich zu fürchten, daß mein Schatten seinen schädlichen Einfluß ausdehnen würde, denn er blieb nicht mehr wie ursprünglich hinter mir. Bisher mußte ich, wenn mich das unwiderstehliche Bedürfnis, meinen Dämon zu sehen, packte, meinen Kopf nach hinten wenden und über meine Schulter blicken, in welcher Stellung ich fasziniert verharrte, so lange ich konnte. Eines Tages jedoch, als ich auf einem freien, grasbewachsenen Hügel stand, von wo ich eine wunderbare Aussicht hatte, bewegte sich mein Schatten um mich herum und legte sich vor mich. Mein Unbehagen steigerte sich noch durch eine weitere Erscheinung: mein Begleiter begann zu flackern und nach allen Seiten düstere Schatten zu verbreiten. Diese Strahlen des Untergangs gingen von dem mittleren Schatten aus wie von einer schwarzen Sonne, in ständiger Veränderung, manchmal länger, manchmal kürzer. Doch wo immer ein Strahl hinfiel, wurde das betreffende Stück Erde oder Wasser oder Himmel leer und wüst, und mein Herz trauerte. Bei diesem ersten Beweis seiner neuen Macht schoß ein Strahl über die anderen hinaus und schien sich ins Unendliche zu verlängern, bis er der Sonne ins Gesicht schlug, die sich unter dem Hieb verdunkelte und verzerrte. Ich wandte mich ab und ging weiter. Der Schatten zog sich in seine frühere Stellung zurück, und als ich wieder aufsah, hatte er all seine dunklen Speere eingezogen und folgte meinen Füßen wie ein Hund.

Einmal, als ich an einer Hütte vorbeiging, kam ein Feenkind heraus, in jeder Hand ein wundersames Spielzeug. Das eine war das Rohr, durch welches der Dichter schaut, wenn er in allem eins sieht; das andere war jenes, wodurch er schaut, wenn er Ebenbilder der Schönheit, ausgewählt in allen Gegenden, durch die er gereist ist, zu Formen von neuem Liebreiz verbindet. Das Haupt des Kindes war von einem Glanz leuchtender Strahlen umgeben. Als ich es verwundert und erfreut ansah, kroch etwas Dunkles von hinten um mich herum und das Kind stand in meinem Schatten. Plötzlich war es ein gewöhnlicher Junge mit grobem, breitrandigem Strohhut, durch welchen von hinten Sonnenstrahlen fielen. Die Spielzeuge, die er hielt, waren ein Vergrößerungsglas und ein Kaleidoskop. Ich seufzte und ging fort.

Eines Abends, als im Westen das Sonnenlicht golden zwischen den Bäumen funkelte, kam – genau wie bei unserer ersten Begegnung – der Ritter auf dem kastanienbraunen Streitroß aus dem Licht auf mich zu. Doch seine Rüstung war nicht einmal mehr halb so rot. Mancher Schwerthieb hatte, abgewehrt von der Stärke seines Panzers, von seiner Oberfläche abgleitend, auf seiner Spur den Rost abgeschabt, und der strahlende Stahl hatte den Hieb mit wiederkehrendem Glanz gedankt. Diese Streifen und Flecke ließen seine Rüstung aussehen wie Waldboden im Sonnenlicht. Die Stirn des Ritters war höher als zuvor, denn seine Falten hatten sich geglättet. Die Traurigkeit, die noch blieb, erinnerte an sommerliche Morgendämmerung, nicht an frostige Herbstfrühe. Auch er war der Erlenjungfer begegnet, doch hatte er sich danach in den Strudel machtvoller Taten gestürzt, die den Makel Stück für Stück ausradierten. Ihm folgte kein Schatten. Er hatte das dunkle Haus nicht betreten, er hatte keine Zeit gehabt, die Tür zu öffnen. »Wird er je hineinsehen?«

fragte ich mich. »Muß sein Schatten ihn eines Tages finden?« Aber ich konnte mir diese Fragen nicht beantworten.

Zwei Tage lang setzten wir unseren Weg gemeinsam fort, und ich begann, ihn zu schätzen. Offensichtlich ahnte er, was mir geschehen war; und ein- oder zweimal sah ich ihn aufmerksam und sorgfältig meinen Schattendiener betrachten, der die ganze Zeit sehr ergeben hinter mir blieb. Ich erklärte jedoch nichts und der Ritter fragte nicht. Die Scham, seine Warnung mißachtet zu haben und eine Furcht, auch nur auf ihre Ursache anzuspielen, ließen mich schweigen. Doch am Abend des zweiten Tages machten einige edle Worte meines Gefährten mir soviel Mut, daß ich ihn beinahe umarmt und ihm alles erzählt hätte. Da glitt der Schatten um mich herum und hüllte meinen Freund ein; ich konnte ihm nicht mehr trauen. Der Stolz auf seiner Stirn verschwand, das Licht seiner Augen wurde kalt, und ich schwieg. Am nächsten Morgen trennten wir uns.

Das Furchtbarste war, daß ich allmählich begann, die Gegenwart meines Schattens nützlich zu finden. Er wurde der Gegenstand meiner Eitelkeit, indem ich mir sagte: »In einem Land wie diesem, wo es allerorten so viele Illusionen gibt, brauche ich seine Hilfe, um die Dinge in meiner Umgebung zu entzaubern. Er beseitigt alle Erscheinungen und zeigt mir die Gegenstände in ihrer wahren Farbe und Form. Ich bin niemand, der durch die gleichen Täuschungen wie alle anderen genarrt wird. Ich werde keine Schönheit sehen, wo keine ist. Ich werde es wagen, die Dinge so zu schauen, wie sie sind. Und wenn ich in einer Wüste statt in einem Paradies lebe, werde ich doch wenigstens wissen, woran ich bin.« Davon heilte mich bald ein neues Beispiel seiner Macht, das meine Gefühle ihm gegenüber wieder in Haß und Mißtrauen verwandelte.

An einem strahlenden Mittag kam von einem Seitenpfad ein junges weibliches Wesen durch den Wald. Singend und tanzend erreichte es meinen Weg. Das Mädchen war fröhlich wie ein Kind, obwohl es eher fast eine Frau zu sein schien. Mal in der einen, mal in der anderen Hand trug sie eine kleine Kugel, klar und strahlend wie der reinste Kristall, die wohl gleichzeitig ihr Spielzeug und ihr größter Schatz sein mochte.

Die junge Frau wirkte im Umgang mit der Kugel abwechselnd völlig sorglos und übermäßig furchtsam. Sie blieb mit einem Lächeln neben mir stehen und wünschte mir mit sanfter Stimme ›Guten Tag‹. Ich fühlte mich auf wunderbare Weise zu ihr hingezogen wie zu einem Kind, denn sie wirkte tatsächlich auf mich wie ein Kind, obwohl mein Verstand mir etwas anderes sagte. Wir sprachen ein wenig miteinander und gingen dann zusammen in der Richtung weiter, die ich eingeschlagen hatte. Ich fragte sie nach ihrer Kugel, da ich jedoch keine klare Auskunft bekam, streckte ich meine Hand danach aus, um sie zu nehmen. Sie zog die Kugel zurück und sagte, jedoch mit fast aufmunterndem Lächeln: »Ihr dürft sie nicht berühren;« und dann, nach einer kurzen Pause, »und wenn Ihr es tut, müßt Ihr sehr vorsichtig sein.« Ich fühlte mit einem Finger daran. Eine sanfte, schwingende Bewegung entstand im Innern der Kugel, begleitet von einem zarten, süßen Klang. Ich berührte sie nochmals, und der Klang verstärkte sich. Beim dritten Mal ertönten harmonische Schwingungen. Dann wollte die junge Frau nicht mehr, daß ich sie berührte.

Wir wanderten den ganzen Tag zusammen weiter. Sie verließ mich, als es dämmerte, doch am nächsten Tag, um die Mittagszeit, begegnete sie mir wieder, und wir setzten unseren Weg bis zum Abend gemeinsam fort. Auch am dritten Tag kam sie mittags und ging mit mir zusammen weiter. Trotzdem wir sehr viel über das Feenland und ihr bisheriges Leben gesprochen hatten, war es mir nicht möglich gewesen, Näheres über die Kristallkugel zu erfahren. An jenem Tag jedoch, als wir zusammen durch den Wald gingen, glitt der Schatten um mich herum und hüllte meine Begleiterin ein. Dennoch veränderte sie sich nicht. Indessen wurde mein Verlangen unwiderstehlich, etwas über die Kugel zu erfahren, die im düsteren Schein des Schattens wie von einem inneren Licht glomm und vielfarbige, flammende Blitze ausstrahlte. Ich streckte beide Hände aus und ergriff die Kugel. Sie begann wieder zu klingen. Der Klang verstärkte sich schnell, bis er zu einem leisen Sturm der Harmonien anschwoll, und die Kugel zwischen meinen Händen zitterte, bebte und pulsierte. Ich hatte nicht das Herz, sie dem Mädchen fortzunehmen, hielt sie aber fest, trotzdem es versuchte, sie mir zu

*Wir sprachen ein wenig miteinander und gingen dann
zusammen in der Richtung weiter . . .*

entziehen, ja, ich schäme mich, es zuzugeben, sogar obwohl es flehentlich bat und schließlich weinte. Die Musik wurde lauter und voller, die Kugel vibrierte immer stärker, bis sie schließlich in unseren Händen zerbrach und schwarzer Dampf daraus hervorquoll, der meine Begleiterin umgab und in seiner Schwärze sogar den Schatten verhüllte. Sie hielt die Scherben fest und floh in die Richtung, aus der sie gekommen war in den Wald, jammernd wie ein Kind, und rief: »Ihr habt meine Kugel zerbrochen, meine Kugel ist zerbrochen –

meine Kugel ist zerbrochen!« Ich folgte ihr, in der Hoffnung, sie trösten zu können, war ihr jedoch noch nicht lange nachgegangen, als ein heftiger kalter Windstoß die Baumgipfel über uns bog und durch die Stämme fegte. Eine große Wolke überdeckte den Himmel, und ein wilder Sturm brach los, in welchem ich sie aus den Augen verlor. Bis heute liegt es mir schwer auf der Seele. Nachts, bevor ich einschlafe, höre ich oft plötzlich ihre weinende Stimme: »Ihr habt meine Kugel zerbrochen, meine Kugel ist zerbrochen, ach, meine Kugel!«

KAPITEL X

Es strömen breite Wasser fort aus Eden
Und führen die Verstoßenen ins Jammertal.
Ein schmales Bächlein nur kann uns're Erde geben:
Zu glücklicher'n Gefilden führts den Wand'rer allemal.

Nun durchwanderte ich ein Wüstengebiet mit trockenem Sand und glitzernden Felsen, das hauptsächlich von Kobolden bewohnt war. Als ich das erstemal ihr Land betrat, und jedesmal, wenn ich einer neuen Sippe begegnete, verspotteten sie mich, die ausgestreckten Hände voller Gold und Juwelen, zogen schreckliche Grimassen und erwiesen mir so auf groteske Art ihre Ehrerbietung. Doch immer, wenn einem von ihnen der Schatten hinter mir ins Auge fiel, machte er ein schiefes Gesicht, halb aus Mitleid, halb aus Verachtung, und blickte beschämt, als sei er bei einer Gefühllosigkeit ertappt worden. Er warf dann seine Handvoll Gold zu Boden, gab alle Grimassen auf und ließ mich friedlich vorübergehen, während er seinen Gefährten Zeichen machte, das Gleiche zu tun. Ich war nicht in der Stimmung, sie besonders zu beachten, denn der Schatten hing ebenso in meinem Herzen wie an meinen Fersen. Ich wanderte lustlos und fast hoffnungslos dahin, bis ich eines Tages zu einer Quelle kam, die kühl aus der Mitte eines sonnenbeschienenen Felsens hervorbrach. Ich trank aus dieser Quelle und fühlte mich plötzlich wunderbar erfrischt. Ich gewann die muntere, kleine Flut lieb, die, in der Wüste entsprungen, zu sich selbst zu sagen schien: »Ich werde fließen und singen und meine Gestade bespülen, bis aus meiner Wüste ein Paradies wird.« Ich hielt es für das Beste, dem Bächlein zu folgen und zu sehen, was es aus sich machte. So wanderte ich über felsiges Gelände in der brennenden Sonne dem Wasserlauf nach. Nach einer Weile sah ich die ersten Grashalme an seinem Ufer wachsen und schließlich hier und da einen verkrüppelten Busch. Gelegentlich verschwand der Bach völlig unter der Erdoberfläche und ich hörte ihn dann, manchmal weit entfernt zu meiner Rechten oder Linken, plötzlich wieder plätschernd singen, zwischen neuen Felsen, über die er mit neuen Wassermelodien hinsprang. Das Grün an seinen Ufern wurde immer kräftiger; andere Bäche kamen hinzu. Ich wanderte viele Tage. An einem schönen Sommerabend ruhte ich mich schließlich am Ufer des Flusses aus, der inzwischen breit geworden war. Über mir türmte sich eine herrliche Kastanie, die ihre milchweißen und rosaroten Blüten auf mich herabfallen ließ. Wie ich so dasaß, durchströmte mich ein Glücksgefühl und überflutete meine Augen. Durch die Tränen schimmerte die Landschaft in so zauberhaftem Liebreiz, daß ich glaubte, Feenland zum ersten Mal zu betreten. Rosen, wilde Rosen überall! Es waren so viele, daß sie nicht nur die Luft mit Duft erfüllten, sondern ihr beinahe auch einen rosafarbenen Schimmer verliehen. Die Farbe strömte mit dem Duft hervor und breitete sich aus, bis der westliche Himmel errötete und von all dem Rosenduft glühte. Und das Herz in meiner Brust wurde schwach vor Sehnsucht. Könnte ich nur den Geist der Erde sehen, wie ich einst die Frau in der Birke sah und meine Schönheit aus bleichem Marmor, dann wäre ich zufrieden. Ach, wie glücklich würde ich sterben beim Anblick des Lichts ihrer Augen! Ja, ich würde aufhören zu sein, wenn ich damit den einzigen Lippen ein Wort der Liebe entlocken könnte. Um mich her sank die Dämmerung herab und hüllte mich in Schlaf. Ich schlief, wie ich seit Monaten nicht mehr geschlafen hatte. Ich erwachte erst spät am Morgen und erhob mich, erfrischt an Körper und Geist, wie vom Tode, der dem Leben die Traurigkeit nimmt und dann selbst im neuen Morgenlicht stirbt. Wieder wanderte ich die Fluten entlang, erkletterte hier einen steilen Felsen, der sie einfaßte, watete dort durch hohes Gras und wilde Blumen an ihrem Weg, durch Wiesen und durch Wälder, die bis direkt ans Wasser reichten.

In einer Flußbiegung, die vom schweren, überhängenden Blattwerk verdunkelt war, sah ich schließlich ein Boot liegen. Das Wasser war dort so ruhig, daß das Boot nicht angebunden zu sein brauchte. Es lag im Wasser, als sei gerade jemand daraus ans Ufer gestiegen, der gleich zurückkommen würde. Da ich jedoch niemanden bemerkte, da keine Spuren durchs Gebüsch führten, und vor allem, da es in Feenland nichts Ungewöhnliches ist, zu tun, was einem in den Sinn kommt, bahnte ich mir einen Weg durchs Gestrüpp, stieg in das Boot, zog es mit Hilfe der überhängenden Äste in die Strömung hinaus, legte mich nieder und ließ das Boot und mich treiben, wohin die Strömung uns tragen würde. Ich glaubte, mich im großen Fließen des Himmels über mir zu verlieren, in seiner ungebrochenen Unendlichkeit; nur ab und zu, wenn ich mich dem Ufer näherte, schwang ein Baum sein mächtiges Haupt über meinen Kopf hinweg und glitt fort in die Vergangenheit, um nie mehr wieder seinen Schatten auf mich zu werfen. Ich schlief in dieser Wiege ein, von Mutter Natur geschaukelt wie ein trauriges Kind. Als ich erwachte, war die Sonne untergegangen, und ich trieb auf der Strömung dahin, unter einem runden, silbernen Mond. Und ein bleicher Mond sah herauf vom dunklen Spiegel der großen, blauen Tiefe, die in abgründiger Stille unter mir lag.

Warum sind alle Spiegelungen bezaubernder als das, was wir die Wirklichkeit nennen? Wie reizvoll ist die Schaluppe, die über das glitzernde Meer gleitet, doch das schwankende, zitternde, ruhelose Segel auf dem Wasserspiegel ist noch schöner. Alle Spiegel sind magische Spiegel. Das gewöhnlichste Zimmer wird zum poetischen Zimmer, wenn ich es im Spiegel betrachte.

Sogar die Erinnerung an vergangenen Schmerz ist schön, und vergangene Freuden, selbst wenn man sie nur durch Spalten in den grauen Wolken des Kummers erkennt, sind wunderbar wie das Feenland. Doch wie konnte ich auf einmal ins tiefere Feenland der Seele geraten? Der Mond, die liebliche Erinnerung, die Spiegelung der untergegangenen Sonne, der freudvolle Tag in dem blassen Spiegel der schwebenden Nacht hatten mich mit sich fortgerissen.

Ich richtete mich im Boot auf. Riesenhafte Waldbäume umgaben mich, durch die sich, wie eine Silberschlange, der große Fluß wand. Die kleinen Wellen hoben und senkten sich mit einem Plätschern wie geschmolzenes Silber, wenn ich mich im Boot bewegte, und zerbrachen das Bild des Mondes in tausend kleine Stücke, die sich wieder zu einem Ganzen vereinigten, wie das Lachen auf einem Gesicht der stillen Freude weicht. Die schlafenden Wälder, in ihrer unbestimmten Tiefe, das Wasser, das im Schlaf dahinfloß, und vor allem der Zauberer Mond, der alle mit seinem bleichen Auge in magischen Schlaf versetzt hatte, sanken tief in meine Seele; und ich fühlte mich, als sei ich im Traum gestorben und würde nie mehr erwachen.

Aus diesen Gedanken erweckte mich ein weißer Schimmer, von links durch die Bäume scheinend, der meinen nach oben gerichteten Blick auf sich zog. Doch die Bäume verbargen ihn wieder, und gleichzeitig begann ein wundersamer Vogel sein melodisches Lied. Er

sang nicht, wie ein gewöhnlicher Vogel, mit ständiger Wiederholung der gleichen Melodie. Sein Gesang war eine fortlaufende Weise, die einen Gedanken ausdrückte, an Innigkeit zunehmend während sie sich entfaltete. Das Lied klang wie ein Willkommensgruß und war doch schon vom Lebewohl überschattet. Wie in jeder süßen Musik zog sich durch alle Töne ein Hauch von Traurigkeit. Wir wissen ja nicht, wie viele Freuden des Lebens wir dem darin verborgenen Leid verdanken. Die Freude kann die tiefste Wahrheit nicht enthüllen, und doch muß tiefste Wahrheit auch tiefste Freude sein. Kommt das weißgekleidete Leid, gebückt und bleich, stößt es weit die Türen auf, durch die es doch nicht gehen darf. Fast sehnen wir uns nach Leid für wirkliche Liebe.

Als das Lied endete, trug der Strom mein kleines Boot sacht um eine Flußbiegung. Und siehe da, auf einer weiten Lichtung, die sich vom Rand des Wassers mit sanftem Schwung zu einer offenen, grünen Kuppe erhob, stand ein stattlicher Palast, der geisterhaft im Mondlicht leuchtete, weit und breit von keinem Baum bedrängt. Er schien völlig aus weißem Marmor erbaut. Das Mondlicht spiegelte sich nicht in Fensterscheiben, die es anscheinend nicht gab. So war nicht das geringste kalte Glitzern zu sehen, nur ein weißer Schimmer. Zahlreiche Schatten milderten den Schein, Schatten von Säulen, Balkonen und Türmen. Überall zogen Galerien an den Außenseiten der Gebäude entlang, Flügel erstreckten sich in viele Richtungen. Viele Öffnungen, durch die das Mondlicht ins Innere verschwand, und die sowohl als Türen, wie auch als Fenster dienten, hatten ihre eigenen Balkone vor sich, verbunden durch eine gemeinsame Galerie, die sich auf eigenen Säulen erhob. Natürlich sah ich all das nicht gleich vom Fluß aus und nicht im Mondlicht. Doch obwohl ich viele Tage dort war, gelang es mir nicht, den Aufbau des Palastes zu überblicken, so ausgedehnt und kompliziert war er.

Hier wollte ich an Land gehen, aber das Boot hatte keine Ruder. Ich fand jedoch, daß eines der Sitzbretter lose war; mit seiner Hilfe lenkte ich das Boot ans Ufer und kletterte an Land. Meine Füße versanken in tiefem, weichem Torf, als ich die Anhöhe zum Palast hinaufging. Dort angekommen, entdeckte ich, daß er auf einem großen Sockel aus Marmor stand, der ringsherum durch breite Stufen zugänglich war. Als ich den Sockel erstiegen hatte, bot sich mir ein weiter Ausblick über den Wald, der jedoch vom Mondlicht eher verhüllt als beleuchtet wurde. Ich trat durch ein weites Tor ohne Torflügel in einen Innenhof, auf allen Seiten von mächtigen, marmornen Säulen umgeben, welche die darüberliegenden Galerien stützten. In der Mitte des Hofes sah ich ein weites Porphyrbecken, aus dem eine hohe Wassersäule emporstieg, die mit einem Klang, der sich wie die Verbindung aller süßen Töne anhörte, in das darunterliegende Becken fiel. Über seinen Rand strömte das Wasser durch eine Rinne dem Innern des Gebäudes zu. Obwohl der Mond zu diesem Zeitpunkt so tief im Westen stand, daß kein Strahl mehr über die umgebenden Gebäude in den Innenhof fiel, war er doch von einem Widerschein der Sonne des Feenlandes erhellt. Denn die Spitze der Wassersäule, genau dort, wo sie sich zum Fall ausbreitete, fing die Mondstrahlen ein und warf, wie eine große, schwache, hoch in die Nachtluft gehängte Lampe eine fahle Spur von Licht in den darunterliegenden Hof. Dieser war mit weißen und roten Marmorrauten gepflastert. Der Gewohnheit gemäß, die ich seit meinem Eintritt ins Feenland angenommen hatte, als Führer zu wählen, was sich in eine bestimmte Richtung bewegte, folgte ich dem Wasser aus dem Springbrunnen. Es führte mich zu einer großen, offenen Tür, wo es unter den hinaufführenden Stufen durch einen flachen Bogen floß und verschwand. Ich trat durch die Tür in einen großen Saal, der von weißen Säulen umgeben und schwarzweiß gepflastert war. Ich konnte das im Mondlicht wahrnehmen, welches von der anderen Seite her durchs offene Fenster hereinschien. Die Höhe des Saales konnte ich nicht genau erkennen. Sobald ich eingetreten war, hatte ich das aus dem Wald wohlbekannte Gefühl, daß außer mir noch andere im Raum waren, obwohl ich niemanden sehen konnte und keinen Laut hörte, der die Gegenwart eines anderen verraten hätte. Seit meinem Besuch in der Kirche der Dunkelheit hatte meine Fähigkeit, die Feen höherer Ordnung zu sehen, langsam abgenommen. Ich konnte jedoch ihre Anwesenheit häufig ahnen, ohne sie zu erblicken.

Es erschien mir indessen recht öde, die Nacht in einem leeren Marmorsaal zu verbringen, so schön er auch war; vor allem, da der Mond gerade unterging, und es bald dunkel sein würde. Also ging ich vom Eingang aus an der Saalwand entlang, um eine Tür zu suchen, die mich in eine gastlichere Kammer führen könnte. Unterwegs wurde ich von dem angenehmen Gefühl ergriffen, hinter einer der zahlreichen Säulen warte jemand auf mich, der mich liebte. Dann glaubte ich, *sie* folge mir von Säule zu Säule, während ich daran entlangwanderte; doch keine Arme erschienen im schwachen Mondlicht, und kein Seufzer versicherte mich *ihrer* Gegenwart.

Schließlich kam ich zu einem offenen Gang, in den ich meine Schritte lenkte, obwohl ich damit das Licht hinter mir ließ. Mit ausgestreckten Händen ging ich entlang, mir meinen Weg ertastend, bis ich auf einen zweiten Gang stieß, der im rechten Winkel zu dem verlief, in dem ich mich befand. Da sah ich am Ende ein schwaches Leuchten, selbst für Mondlicht zu fahl, es ähnelte eher einem sanften Phosphoreszieren. Als ich bei dem Licht ankam, entdeckte ich, daß es von großen, silbernen Buchstaben auf einer Ebenholztür ausging, und die Buchstaben bildeten, überraschend sogar in der Heimat der Wunder, die Worte »Die Kammer von Ritter Anodos«. Obwohl ich bisher noch kein Anrecht auf den Titel eines Ritters hatte, nahm ich an, daß diese Kammer für mich gedacht war, öffnete die Tür, ohne zu zögern und trat ein. Jeder Zweifel an der Richtigkeit meines Tuns wurde bald zerstreut. Ein Feuer aus großen Stücken eines süß duftenden Holzes brannte auf silbernen Feuerböcken im Kamin und eine strahlend helle Lampe stand auf einem Tisch inmitten einer üppigen Mahlzeit, die allem Anschein nach auf meine Ankunft wartete. Was mich jedoch noch mehr überraschte war, daß das Zimmer in jeder Hinsicht das genaue Abbild meines Zimmers zu Hause war, von dem mich das Bächlein aus dem Marmorbecken nach Feenland geführt hatte. Dort lag genau der Teppich von Gras, Moos und Maßliebchen, den ich selbst entworfen hatte; dort hingen die blaßblauen Seidenvorhänge, die wie ein Sturzbach an den Fenstern herunterfielen, dort stand das altmodische Bett mit dem Chintzbezug, in welchem ich seit meiner Kindheit

. . . stand ein stattlicher Palast, der geisterhaft im Mondlicht leuchtete . . .

geschlafen hatte. »Jetzt werde ich schlafen«, sagte ich mir. »Mein Schatten wagt es nicht, hier hereinzukommen.«

Ich setzte mich an den Tisch und begann zuversichtlich von den guten Speisen vor mir zu essen. Ich fand jetzt auch heraus, wie wahr die Märchen sind, denn ich wurde während der ganzen Mahlzeit von unsichtbaren Händen bedient. Kaum hatte ich irgendeine Speise genau ins Auge gefaßt, wurde sie mir gebracht, als komme sie von sich aus zu mir. Mein Glas blieb gefüllt mit dem Wein, den ich ausgewählt hatte, bis ich auf eine andere Flasche oder Karaffe blickte. Sofort bekam ich ein frisches Glas, und der Wein wurde hineingegossen. Als ich mit mehr Appetit und Vergnügen als je seit meinem Eintritt ins Feenland gespeist hatte, wurde alles von mehreren unsichtbaren Bediensteten fortgetragen. Sobald alles abgeräumt war, hörte ich ein Geräusch wie das Schließen einer Tür und wußte, daß ich allein war. Ich saß lange nachdenklich am Feuer und fragte mich, wie wohl alles ausgehen würde. Ich legte mich schließlich, müde vom vielen Denken, in mein Bett, halb in der Hoffnung, daß ich am Morgen nicht nur in meinem eigenen Zimmer, sondern auch in meinem eigenen Schloß erwachen würde, daß ich hinausgehen könnte auf meinen Grund und Boden und feststellen, daß das Feenland nur eine nächtliche Vision gewesen war. Der Klang des plätschernden Springbrunnens trug mich ins Vergessen.

KAPITEL XI

Welch verworrenes Gebäude, endlos sinkend
Wie selbstvergessen weit in wundersame Tiefen,
Versunken ganz in Pracht und ohne Ende:
Schien es gebaut aus Diamant und Golde,
Mit Alabasterkuppeln, Silberspitzen,
Und glänzend türmten die Terrassen hoch sich
In die Höhe.

Wordsworth

Als ich, nach einem traumlosen Schlaf, der jedoch das Gefühl vergangener Glückseligkeit hinterließ, spät am Morgen erwachte, fand ich mich zwar immer noch in meinem Zimmer wieder, aber es blickte über eine unbekannte Landschaft, über Wälder, Täler und Hügel auf der einen Seite und auf der anderen über den Marmorhof mit dem Springbrunnen. Seine Spitze glitzerte jetzt im Sonnenlicht und sein Wasser warf einen Regen blasser Schatten auf das Pflaster, bevor es in das Becken unter der Fontäne fiel.

Ich kleidete mich an, und ging hinaus. Der ganze Palast funkelte im Sonnenlicht wie Silber. Sein Marmor war teils glänzend, teils matt, und alle Spitzen, Kuppeln und Türmchen endeten in einer Kugel, einem Kegel oder einer Sichel aus Silber. Der Palast schien aus Eisblumen gebaut und war für irdische Augen wie meine zu strahlend. Es ist kaum zu beschreiben, welch erfreulichen Anblick in seiner Umgebung die Vielfalt und kunstvolle Anordnung von Gehölz und Fluß, Gras und Wald, Garten und Gesträuch, felsiger Anhöhe und lieblichem Tal boten, mit wilden und zahmen Tieren, herrlichen Vögeln, hier und da Springbrunnen, kleinen Bächen und schilfbewachsenen Teichen.

Den ganzen Vormittag über dachte ich nicht an meinen Schattendämon, und erst als meiner Freude unvermutet die Müdigkeit folgte, kam er mir wieder in den Sinn. Ich blickte mich nach ihm um: er war kaum zu erkennen. Doch seine Gegenwart, so wenig sie auch sichtbar war, versetzte meinem Herzen einen Stich, dessen Schmerz all die Schönheit um mich her nicht aufwiegen konnte. Ihm folgte jedoch der tröstende Gedanke, daß ich hier vielleicht das Zauberwort finden würde, den Dämon zu bannen und mich zu befreien, so daß ich mir nicht länger ein Fremder zu sein brauchte. Die Königin von Feenland, so dachte ich, wird wohl hier wohnen; sie wird sicherlich ihre Macht einsetzen, um mich zu erlösen, so daß ich singend durch alle weiteren Tore ihres Reiches zu meinem Land zurückwandern könnte. »Du mein Schatten!« sagte ich, »der du nicht ich bist und dich doch als mich darstellst; hier werde ich vielleicht einen Schatten aus Licht finden, der dich, den Schatten der Dunkelheit, verschlingt! Ich werde vielleicht einen Segen finden, der für dich ein

Fluch ist und der dich in die Dunkelheit verbannt, aus der du ungebeten hervorgekommen bist.« Ich sagte dies, während ich lang ausgestreckt auf dem Gras am Abhang zum Fluß lag; und während ich wieder zu hoffen begann, kam die Sonne hinter einer dünnen Schleierwolke hervor, die über ihr Gesicht strich, und Tal und Hügel, und der große Fluß, der sich durch den immer noch geheimnisvollen Wald wand, erstrahlten in ihrem Licht wie mit einem stillen Freudenruf.

Bald wurde die Sonnenhitze unerträglich. Ich erhob mich und begab mich in den Schutz der Arkaden. Ich wanderte von einer zur anderen, wohin mich meine ziellosen Schritte gerade lenkten und bewunderte überall die einfache Pracht des Gebäudes. Ich gelangte zu einem anderen Saal, mit hellblauer Decke, übersät von silbernen Sternbildern und gestützt von Porphyrsäulen, deren Rot heller war als gewöhnlich. – Übrigens wurde in diesem Hause Silber scheinbar überhaupt dem Gold vorgezogen. – Der ganze Boden des Saals war, ausgenommen ein schmaler, schwarzgepflasterter Pfad hinter den Säulen, zu einem riesigen Becken geformt, viele Meter tief und mit dem reinsten, klarsten und glänzendsten Wasser gefüllt. Die Seitenwände des Beckens bestanden aus weißem Marmor, und der Boden war mit allen möglichen Arten funkelnder Steine in den verschiedensten Formen und Färbungen belegt. Man hätte auf den ersten Blick in ihrer Anordnung kein Prinzip erkannt, denn sie lagen dort, als seien sie von sorglosen Händen im Spiel hingeworfen worden, doch es ergab sich daraus eine äußerst harmonische Verwirrung. Als ich das Spiel ihrer Farben, besonders bei bewegtem Wasser, betrachtete, entstand das Gefühl in mir, daß nicht ein einziges, kleines Steinchen in seiner Lage verändert werden könnte, ohne die Wirkung des Ganzen zu verletzen. Im unbewegten Wasser aber bildete sich die blaue Decke mit ihren silbernen Sternen ab, und dann schien es, als würde ein zweiter, tieferer Wasserspiegel den ersten, oberen emporhalten. Dieses Feenbad wurde vermutlich von dem Springbrunnen im Hof gespeist. Von einem unwiderstehlichen Verlangen gezogen, entkleidete ich mich und tauchte ins Wasser. Es umgab mich wie ein neues Element, es war mir so nahe, daß mir schien, als dringe es belebend in mein Herz. An der Wasseroberfläche schwamm ich wie in einem Regenbogen durch die funkelnden Lichtreflexe der Edelsteine unter mir. Dann tauchte ich mit geöffneten Augen hinab und unter dem Wasserspiegel entlang. Zu meiner Verwunderung erstreckte sich das Becken wie ein Meer weit nach allen Seiten, mit Gruppen von Felsen hier und da, von endlosen Wellen zu wundersamen Höhlen und grotesken Spitzen geformt. In der Umgebung der Höhlen wuchsen Wasserpflanzen in allen Färbungen, dazwischen glühten Korallen. In der Ferne sah ich undeutlich Wesen mit menschlicher Gestalt, die im Wasser lebten. Ich glaubte, eine magische Kraft habe mich an einen anderen Ort versetzt und ich würde mich, wenn ich auftauchte, weitab vom Land, allein auf einer wogenden See schwimmend, wiederfinden. Doch als ich wieder oben war, sah ich über mir die blaue, sternenübersäte Wölbung und ringsumher die roten Säulen. Ich tauchte nochmals und fand mich wieder inmitten eines großen Meeres. Dann tauchte ich auf und schwamm zum Rand des Beckens, wo ich leicht herausklettern konnte, denn das Wasser reichte direkt bis auf seine Höhe. Als ich mich der Einfassung näherte, spülten kleine Wellen über den schwarzen Marmor. Ich legte meine Kleider an und ging, bis ins Innerste erfrischt, fort.

Langsam und undeutlich konnte ich wieder Gestalten hier und da im Gebäude sehen. Manche wanderten in ernsthafter Unterhaltung dahin, andere blieben allein; manche standen in Gruppen zusammen, als betrachteten sie eine Statue oder ein Bild und unterhielten sich darüber. Keine von ihnen beachtete mich.

Als der Abend kam und der Mond aufging, klar wie die Rundung des Meeres am Horizont, wenn die Sonne im Westen hängt, konnte ich die Gestalten deutlicher sehen, vor allem, wenn sie zwischen mich und den Mond traten, und besonders, wenn ich im Schatten war. Doch selbst dann sah ich manchmal nur das vorübergleitende Wehen eines weißen Kleides oder einen zarten Arm oder Hals, der im Mondschein leuchtete; oder auch weiße Füße, die allein über den mondbeschienenen Rasen wandelten. Leider kam ich diesen herrlichen Wesen nie näher oder erblickte je die Königin des Feenlandes selbst. Mein Schicksal wollte es anders.

In diesem Palast von Marmor und Silber, Springbrunnen und Mondlicht verbrachte ich viele Tage; jederzeit wurde ich in meinem Zimmer mit allem versorgt, was ich mir wünschte, und jeden Tag schwamm ich im Feenbad. Während der ganzen Zeit wurde ich von meinem Schattendämon nur wenig belästigt. Ich hatte das undeutliche Gefühl, daß er irgendwo im Palast war, doch es sah aus, als hätte meine Hoffnung, in diesem Palst endlich von seiner verhaßten Gegenwart befreit zu werden, ausgereicht, um ihn für einige Zeit zu verbannen.

Am dritten Tag nach meiner Ankunft entdeckte ich die Bibliothek des Palastes, und hier verbrachte ich für den Rest meines Aufenthaltes den größten Teil der Mittagszeit. Sie war, abgesehen von anderen Vorzügen, eine wunderbare Zuflucht vor der Mittagssonne. Morgens und nachmittags wanderte ich durch die liebliche Umgebung oder lag, in süßen Träumen verloren, unter einem mächtigen Baum oder auf der Wiese. Meine Abende verbrachte ich ziemlich bald in einem anderen Teil des Palastes, wo ich Dinge erlebte, deren Bericht ich noch ein wenig hintansetzen muß.

Die Bibliothek war ein mächtiger Saal, von der Decke aus beleuchtet, die aus einem Material wie Glas bestand und sich über die ganze Weite wölbte, vollständig mit einem geheimnisvollen Bild in herrlichen Farben bemalt. Die Wände waren vom Boden bis zur Decke mit zahllosen Büchern bedeckt, die meisten in altertümlichen Einbänden, doch einige in eigenartig neuer Weise gebunden, die ich nie zuvor gesehen hatte, und die ich, selbst wenn ich es versuchen würde, nur schlecht beschreiben könnte. Auf allen Wänden liefen vor den Büchern Reihen von Galerien entlang, die durch Treppen verbunden waren. Diese Galerien bestanden aus den verschiedensten farbigen Steinen: alle Arten von Marmor und Granit, mit Porphyr, Jaspis, Lapislazuli, Achat und verschiedenen anderen; eine wunderbare Melodie aufeinanderfolgender Farben. Obwohl das Material, woraus die Galerien und Treppen bestanden, ein bestimmtes Maß von wuchtiger Stabilität in der Konstruktion erforderlich machte, war der Saal doch so riesig, daß sie wie schmale Bänder wirkten, die sich an den Wänden entlangzogen. Über einige Teile der Bibliothek hingen unterschiedlich getönte seidene Vorhänge herab, die ich während meines ganzen Aufenthaltes nie gehoben sah; ich hatte das Gefühl, es wäre vermessen, wenn ich versuchte, dahinterzuschauen. Doch der Gebrauch der anderen Bücher schien mir freizustehen, und so kam ich Tag für Tag in die Bibliothek, warf mich auf einen der vielen, prächtigen, fernöstlichen Teppiche, die an manchen Stellen auf dem Boden lagen, und las. Ich las bis ich müde war – wenn man Müdigkeit nennen kann, was eher die Schwäche hinreißenden Entzückens war – oder bis mich das abnehmende Licht einlud, hinauszugehen, darauf hoffend, daß eine kühle, sanfte Brise aufgekommen sei, um meine Glieder mit luftigem, kräftigendem Bad zu ergötzen; denn die Glut des verzehrenden Geistes in meinem Innern hatte sie nicht weniger geschwächt, als die Glut der heißen Sonne im Freien.

Die besondere Eigenart der Bücher im Feenpalast möchte ich doch zu beschreiben versuchen.

Als ich zum Beispiel ein Buch der Metaphysik aufschlug, hatte ich kaum zwei Seiten gelesen, da grübelte ich schon über die Erkenntnis von Wahrheit und ersann selbst eine Theorie, die es möglich machte, meine Entdeckung meinen Mitmenschen nahezubringen. Bei manchen Büchern dieser Art stand dieser Erkenntnisprozeß noch ganz am Anfang; ich versuchte, die Wurzeln der Offenbarung zu finden, die geistige Wahrheit, aus der eine Erscheinung der Materie entsteht. Oder ich versuchte, zwei Lehrsätze, die beide anscheinend richtig waren, zu verbinden, entweder direkt oder auf komplizierte Art und Weise, und den Punkt zu finden, worin sich ihre unsichtbar zusammenlaufenden Linien zu einem Ganzen trafen, eine Wahrheit enthüllend, die höher war als jeder der Sätze und sich von beiden unterschied. Oder wenn ich einen Reisebericht las, wurde ich zum Reisenden. Neue Länder und Erfahrungen, unbekannte Sitten umgaben mich. Ich reiste und entdeckte, kämpfte, litt und erfreute mich meiner Erfolge. War es ein Bericht, eine Geschichte? Ich war ihr Hauptdarsteller. Ich litt unter meinen Fehlern, war glücklich durch meinen eigenen Taten. Bei Dichtung geschah das Gleiche. Ich nahm den Platz derjenigen Figur ein, die mir am ehesten entsprach, ihre Geschichte wurde zu meiner. Wenn ich, des in einer Stunde gesammelten Lebens von Jahren müde, an meinem Totenbett oder dem Ende eines Bandes angekommen war, erwachte ich, mit plötzlicher Verwirrung, zum Bewußtsein meines gegenwärtigen Lebens, erkannte Wände und Decke meiner Umgebung und stellte fest, daß ich Freude und Leid nur in einem Buch erlebt hatte.

Ich erhob mich und begab mich in den Schutz
der Arkaden.

KAPITEL XII

Ich sah ein Schiff segeln über das Meer,
Schwer beladen, daß bald es gesunken wär.
Und doch nicht so schwer wie meine Liebe,
Acht's nicht ob ich schwimm oder sink in die Tiefe.

Alte Ballade

Eine Geschichte aus diesen Büchern möchte ich versuchen zu erzählen, doch ach, es ist, als wolle man einen Wald aus zerbrochenen Ästen und dürren Blättern wieder zusammenstellen. In jenem Feenbuch war alles genau wie es sein soll, doch ob in Worten oder anders ausgedrückt, weiß ich nicht mehr. Es warf glühende und blitzende Gedanken in meine Seele. Natürlich war ich Cosmo, während ich las, seine Geschichte wurde zu meiner. Und doch war mir die ganze Zeit, als habe ich ein doppeltes Bewußtsein und die Geschichte eine doppelte Bedeutung. Manchmal war sie nur eine Geschichte aus dem gewöhnlichen Leben, in dem zwei Menschen einander lieben und sich danach sehnen, einander näherzukommen, sich aber doch nur wie in einem blinden Spiegel undeutlich erkennen.

Wie durch den harten Fels verzweigte Silberadern führen, wie die Wasserläufe und Landzungen in die ruhelose See hinausreichen, wie die Lichter und Einflüsse der höheren Welten leise durch die Atmosphäre der Erde herabsinken, so dringt die Feenwelt in die Menschenwelt ein, täuscht manchmal das Auge mit einer Beziehung wie die von Ursache und Wirkung, wenn zwischen beiden keine Verbindungsglieder erkennbar sind.

Cosmo von Wehrstahl war Student an der Universität von Prag. Obwohl von edler Abstammung war er arm und stolz auf die Unabhängigkeit, die Armut verleiht. Auf wieviele Dinge ist der Mensch nicht stolz, nur weil er sich ihrer nicht entledigen kann? Cosmo war bei seinen Kommilitonen beliebt, hatte aber dennoch keine Kameraden, und keiner war je über die Schwelle seiner Wohnung getreten, die unter dem Dach eines der höchsten Häuser in der Altstadt lag. Das Geheimnis seines freundlichen Wesens bestand hauptsächlich darin, daß er an seinen unbekannten Zufluchtsort dachte, zu dem er sich abends begeben würde, um ungestört seinen Studien und Träumereien nachzugehen. Diese Studien umfaßten, abgesehn von jenen, die für die Universität notwendig waren, auch weniger bekannte und angesehene Werke, denn in einer geheimen Schublade lagen Bücher von Albertus Magnus und Cornelius Agrippa neben noch anderen, weniger gelesenen und seltsameren Bänden. Bisher hatte er

diese Forschungen jedoch mehr aus Neugierde betrieben und sie nicht für praktische Zwecke verwandt.

Seine Wohnung bestand aus einem niedrigen Zimmer, welches nur wenige Möbel enthielt, das heißt ein Paar hölzerne Stühle, ein Ruhebett zum Träumen bei Tag wie auch bei Nacht und einen großen, schwarzen Eichenschrank. Doch seltsame Geräte waren in den Ecken angehäuft, in einer stand ein Skelett, halb an die Wand gelehnt, halb von einem Strick um seinen Hals gehalten. Eine der Hände, ganz aus Fingern bestehend, ruhte auf dem schweren Knauf eines großen Schwertes, das daneben stand. Verschiedene Waffen waren über den Fußboden verstreut. Die Wände waren bar jeden Schmucks, denn die wenigen eigenartigen Dinge, die daran hingen, nämlich eine große, getrocknete Fledermaus mit ausgebreiteten Flügeln, die Haut eines Stachelschweins und ein ausgestopfter Goldwurm konnte man kaum so nennen. Doch obwohl Cosmo eine Vorliebe für solche Absonderlichkeiten hatte, nährte er seine Vorstellungskraft mit ganz anderer Kost. Seine Gedanken waren bislang noch nie von verzehrender Leidenschaft erfüllt gewesen; doch sie waren wie stilles Zwielicht jedem Wind geöffnet, sei es der sanfte Atem, der nur Düfte trägt, sei es der Sturm, der riesige Bäume biegt, bis sie knarren und zu brechen drohen. Cosmo sah alles wie durch eine rosafarbene Brille. Wenn er aus dem Fenster zur Straße hinabschaute, bewegte sich jedes vorübergehende Mädchen für ihn wie in einer Geschichte und zog seine Gedanken mit sich, bis es aus seinem Blickfeld verschwand. Wenn er durch die Straßen wanderte, fühlte er sich immer, als lese er eine Erzählung, in die er jedes interessante Gesicht, das ihm begegnete, einzuflechten versuchte; und jede süße Stimme strich über seine Seele wie der Flügel eines Engels. Er war gleichsam ein Dichter ohne Worte; vertieft in Gedanken und gefährdet, da die quellenden Wasser in seiner Seele zurückgestaut wurden, wo sie, ohne einen Ausweg zu finden, anschwollen und ihn aushöhlten. Er pflegte auf seinem harten Ruhebett zu liegen und eine Erzählung oder ein Gedicht zu lesen, bis das Buch seiner Hand entfiel; doch er träumte weiter, ohne zu wissen, ob schlafend oder wachend, bis ihm das gegenüberliegende Dach wieder bewußt wurde, wenn es sich im Sonnenaufgang golden färbte. Dann erhob auch er sich wieder, und seine jugendliche Kraft hielt ihn in Bewegung, bis das Ende des Tages ihn wieder freisetzte, und die Welt der Nacht, die versunken unter dem Sturzbach des Tages gelegen hatte, erstand in seiner Seele, mit all ihren Sternen und undeutlichen Schattenwesen. Doch dies konnte unmöglich lange so andauern. Irgendein Wesen würde früher oder später in diesen Zauberkreis treten, in das Haus des Lebens, und den verwirrten Magier zu Kniefall und Verehrung zwingen.

An einem Spätnachmittag wanderte Cosmo verträumt durch eine der großen Straßen, als ein Kommilitone ihn durch einen Schlag auf die Schulter aufschreckte und ihn bat, mitzugehen in eine kleine Nebengasse, um eine alte Rüstung zu begutachten, an welcher er Gefallen gefunden habe. Cosmo wurde als Autorität auf dem Gebiet der Waffen, ob alt oder modern, betrachtet. Keiner der Studenten kam ihm im Umgang mit Waffen gleich, und hauptsächlich seine Vertrautheit mit verschiedenen Arten hatte dazu beigetragen, sein Ansehen zu begründen. Er begleitete den Kameraden gern. Sie betraten eine schmale Gasse und dann einen schmutzigen, kleinen Hof, von welchem eine niedrige Bogentür sie zu einer Vielzahl von staubigen und alten Gegenständen führte. Cosmos Urteil über die Rüstung war zufriedenstellend, und sein Kamerad schloß sofort den Kauf ab. Als sie den Laden verließen, fiel Cosmos Blick auf einen alten, elliptisch geformten Spiegel, der staubbedeckt an der Wand lehnte. Sein Rahmen war seltsam geschnitzt, was Cosmo jedoch beim Schein der schwachen Lampe, die der Ladenbesitzer in der Hand hielt, nur sehr undeutlich erkennen konnte. Diese Schnitzerei war es, die seine Aufmerksamkeit erregte, zumindest kam es ihm so vor. Er verließ den Laden jedoch mit seinem Freund, ohne den Spiegel weiter zu beachten. Sie gingen zusammen zur Hauptstraße, wo sie sich trennten und entgegengesetzte Richtungen einschlugen.

Kaum war Cosmo allein, da kam ihm der wundersame alte Spiegel wieder in den Sinn. Der starke Wunsch, ihn genauer zu betrachten erfüllte ihn, und er lenkte seine Schritte nochmals zu dem Laden. Als er klopfte, öffnete der Besitzer die Tür, als habe er ihn erwartet. Es war ein kleiner, alter, runzliger Mann mit einer Hakennase und stechenden Augen, die ständig in Bewegung waren, hier und dorthin blickten wie nach etwas, das ihnen laufend auswich. Cosmo gab zunächst vor, verschiedene andere Gegenstände zu betrachten und näherte sich schließlich dem Spiegel, welchen er herunterzunehmen bat.

»Nehmt ihn selbst herab, Herr, ich reiche nicht hinauf,« sagte der alte Mann. Cosmo nahm ihn vorsichtig herunter und bemerkte, daß die Schnitzerei wirklich fein und kostbar war, bewundernswert entworfen und ausgeführt, mit vielen Zeichen versehen, die eine Bedeutung zu haben schienen, von der er nichts verstand. Bei seinem Geschmack und Temperament erhöhte das natürlich sein Interesse an dem alten Spiegel; ja, er sehnte sich sogar danach, ihn zu besitzen, um in seiner Freizeit den Rahmen näher zu studieren. Er gab jedoch vor, ihn nur zum normalen Gebrauch verwenden zu wollen, und indem er sagte, er fürchte, das Glas könne wohl kaum noch dienlich sein, wischte er ein wenig Staub von seiner Oberfläche, erwartend, eine matte Spiegelfläche zu finden. Sein Erstaunen war groß, als er eine strahlende Spiegelung sah, geworfen von einem Glas, das nicht nur vom Alter unberührt, sondern wunderbar klar und rein war. Cosmo fragte achtlos, was der Besitzer dafür verlange. Der alte Mann nannte eine Summe, welche die Mittel des armen Cosmo weit überstieg, der daraufhin den Spiegel wieder an seinen Platz hängte.

»Findet Ihr den Preis zu hoch?« fragte der alte Mann.

»Ich weiß nicht, ob er eine zu hohe Forderung ist«, erwiderte Cosmo, »aber ich kann ihn mir bei weitem nicht leisten.« Der Alte hielt sein Licht zu Cosmos Gesicht empor. »Ich mag Euren Blick«, sagte er. Cosmo konnte das Kompliment nicht erwidern. Jetzt, wo er ihn zum ersten Mal genau betrachtete, fühlte er sich sogar von ihm abgestoßen und konnte nicht einmal sagen, ob ein Mann oder eine Frau vor ihm stand.

»Wie heißt Ihr?« wurde er gefragt.

»Cosmo von Wehrstahl.«

»Aha, das dachte ich mir. Ich kann Euren Vater in Euch erkennen. Ich kannte Euren Vater sehr gut, junger Herr. Ich möchte sogar behaupten, daß in einigen Winkeln meines Hauses Dinge liegen, die noch sein

64

Wappen und sein Monogramm tragen. Nun, ich mag Euch. Ihr sollt den Spiegel zu einem Viertel von meiner ersten Forderung haben. Doch ich stelle eine Bedingung.«

»Was für eine?« fragte Cosmo. Denn obwohl der Preis für ihn immer noch sehr hoch war, konnte er ihn gerade aufbringen; und der Wunsch, den Spiegel zu besitzen war, nachdem ihm der Kauf unmöglich geschienen, noch größer geworden.

»Falls Ihr ihn je wieder loswerden wollt, darf ich das erste Angebot machen.«

»Sicher«, antwortete Cosmo lächelnd. »Eine wirklich milde Bedingung.«

»Bei Eurer Ehre?« fragte der Verkäufer nachdrücklich.

»Bei meiner Ehre«, sagte der Käufer, und der Kauf war abgeschlossen.

»Ich werde ihn für Euch nach Hause tragen«, sagte der alte Mann, als Cosmo den Spiegel in die Hand nahm.

»Nein, nein, ich werde ihn selbst tragen«, sagte er, denn er hatte eine Abneigung dagegen, jemandem seine Wohnung bekannt zu geben, und vor allem dieser Person, der gegenüber er einen ständig wachsenden Widerwillen verspürte.

»Wie Ihr wollt«, sagte der Alte, und murmelte, während er mit dem Licht zur Tür ging, um ihm den Weg zu zeigen, vor sich hin: »Zum sechsten Mal verkauft! Ich frage mich, was für ein Ende die Sache diesmal haben wird. Ich denke, meine Dame hat langsam genug davon.«

Cosmo trug seinen Schatz vorsichtig nach Hause. Auf dem ganzen Weg hatte er das unangenehme Gefühl, von jemandem beobachtet und verfolgt zu werden. Er sah sich mehrmals um, bemerkte jedoch nichts, was seinen Verdacht gerechtfertigt hätte. Allerdings waren die Straßen zu belebt und zu schlecht beleuchtet, um einen vorsichtigen Verfolger sehen zu können, falls es einen solchen gab. Cosmo erreichte sicher seine Wohnung und lehnte seinen Kauf erleichtert an die Wand, dessen Gewicht ihn, so kräftig er auch war, doch ermüdet hatte. Dann zündete er sich eine Pfeife an, warf sich auf sein Ruhebett und war bald in seine Träume versunken.

Am nächsten Tag kam er früher als gewöhnlich nach Hause zurück und befestigte den Spiegel über dem Kamin an einer Schmalseite seines langgestreckten Zimmers. Dann wischte er vorsichtig den Staub von seinem Glas, und klar wie das Wasser einer sonnenbeschienenen Quelle leuchtete er von der Wand herab. Cosmos Interesse war jedoch auf die eigenartige Schnitzerei des Rahmens konzentriert. Auch diesen reinigte er, so gut er konnte mit einer Bürste, woraufhin er zu einer genaueren Untersuchung des Holzes überging, in der Hoffnung, irgendeinen Hinweis auf die Absicht des Schnitzers zu finden. Das gelang ihm jedoch nicht, und als er schließlich etwas enttäuscht und müde innehielt, sah er einige Augenblicke lang untätig in die Tiefe des gespiegelten Zimmers. Gleich darauf sagte er halblaut: »Welch ein seltsamer Spiegel! Und was für eine wunderliche Ähnlichkeit er mit der Vorstellungskraft eines Menschen hat. Dieses Zimmer ist, im Glas betrachtet, dasselbe und doch nicht dasselbe. Es ist nicht einfach nur eine Wiedergabe des Zimmers, in dem ich lebe, sondern es sieht aus, als würde ich in einer Geschichte, die mir lieb ist, davon lesen. All seine Gewöhnlichkeit ist verschwunden. Der Spiegel hat es aus dem Bereich der Realität in den Bereich der Kunst entrückt, und genau diese Art der Wirkung hat für mich interessant gemacht, was vorher nur kahl war. Genauso, wie man mit Freude eine Person auf der Bühne sehen kann, vor der man im wirklichen Leben mit dem Gefühl unerträglichen Überdrusses fliehen würde. Ist es nicht so, daß die Kunst die Natur vor den übersättigten und überdrüssigen Blicken unserer Sinne und vor der abwertenden Ungerechtigkeit unseres eifrigen Alltagslebens bewahrt, indem sie unsere Vorstellungskraft anspricht und sozusagen die Natur offenbart, wie sie wirklich ist? Dieses Skelett dort – ich fürchte mich fast davor, wie es so still steht, mit Augen nur für die Ungesehenen, wie ein Wachturm, der über die ganze Vergeblichkeit dieser geschäftigen Welt hinwegsieht in die stillen Regionen der Ruhe im Jenseits. Und doch kenne ich jeden seiner Knochen und jedes Gelenk so gut wie meine eigene Hand. Und die alte Streitaxt sieht aus, als könne sie jeden Augenblick von einer gepanzerten Faust gepackt und von dem mächtigen Arm geschwungen werden, Helm, Schädel und Hirn durchschneidend, das Unbekannte um noch einen verwirrten Geist vermehrend. In *jenem* Zimmer würde ich gern leben, wenn ich nur hineinkommen könnte.«

Als seine halblaut gesprochenen Worte kaum verklungen und seine Blicke noch zum Spiegel gewendet waren, erstarrte er, wie von einem Blitz der Verwunderung getroffen. Plötzlich glitt, lautlos und unangekündigt, die anmutige Gestalt einer Frau durch die Tür in das gespiegelte Zimmer, mit stetiger Bewegung, jedoch zögernd und schwankenden Schrittes, ganz in Weiß gekleidet. Nur ihr Rücken war zu sehen, als sie langsam zum Ruhebett am anderen Ende des Zimmers ging, worauf sie sich erschöpft niederließ und Cosmo ein Gesicht von unsagbarem Liebreiz zuwandte, worin Leid, Abneigung und ein Gefühl der Gezwungenheit sich mit Schönheit auf recht eigenartige Weise verbanden. Cosmo stand einige Augenblicke ohne sich bewegen zu können, seine Augen auf sie geheftet, und sogar nachdem ihm bewußt geworden war, daß er sich wieder bewegen konnte, fand er nicht den Mut, sich umzudrehen und sie im wirklichen Zimmer von Angesicht zu Angesicht zu betrachten. Doch schließlich, mit einer heftigen Anstrengung, drehte er sein Gesicht dem Ruhebett zu. Es war leer. In mit Furcht gemischter Verwirrung wandte er sich wieder dem Spiegel zu: dort, auf dem gespiegelten Ruhebett, lag die herrliche Frauengestalt. Sie lag mit geschlossenen Augen, und zwei große Tränen quollen unter ihren Lidern hervor; sie war still wie der Tod, bis auf die zuckenden Bewegungen ihrer Brust.

Cosmo hätte seine Gefühle nicht beschreiben können, denn sie zerstörten sein Bewußtsein und machten ein klares Erinnern unmöglich. Er konnte nicht anders, als beim Spiegel stehenzubleiben und die Augen auf die Dame gerichtet zu lassen, obwohl ihm seine Unhöflichkeit schmerzlich klar war. Er fürchtete jeden Moment, sie könne ihre Augen öffnen und seinem starren Blick begegnen. Nach einer Weile öffneten sich ihre Lider und blieben geöffnet, die Augen bewegten sich zunächst nicht. Als ihr Blick schließlich durchs Zimmer zu wandern begann, als versuche er müde, mit der Umgebung vertraut zu werden, richtete sie ihn nie direkt auf Cosmo. Anscheinend nahm sie nur wahr, was der Spiegel wiedergab, so daß sie von Cosmo allen-

falls den Rücken sehen konnte, der ihr notwendigerweise im Glas zugekehrt war. Die zwei Gestalten im Spiegel konnten sich nicht von Angesicht zu Angesicht gegenüberstehen, außer wenn er sich umdrehte und sie ansah, wenn sie wirklich im Zimmer war. Da sie aber dort nicht war, schloß er, daß, wenn er sich dem Teil des Zimmers zuwenden würde, in dem sie lag, sein Bild für sie entweder völlig unsichtbar sein, oder er sie scheinbar leer ansehen würde. Keine Begegnung der Blicke konnte den Eindruck geistiger Nähe erzeugen. Schließlich trafen ihre Augen auf das Skelett, und er sah, daß sie sich schaudernd schlossen. Sie öffnete die Augen nicht mehr, doch Anzeichen von Widerwillen blieben auf ihrem Gesicht. Cosmo hätte das verhaßte Ding sofort weggeräumt, fürchtete aber, sie damit noch mehr zu entsetzen. So blieb er stehen und beobachtete sie. Der angstvolle Ausdruck verschwand langsam von ihrem Antlitz und hinterließ nur ein wenig Kummer. Die Züge sanken in einen unveränderlichen Zustand der Ruhe, und an diesen Anzeichen und der langsamen, regelmäßigen Bewegung ihres Atems erkannte Cosmo, daß sie schlief. Jetzt konnte er sie ohne Verlegenheit betrachten. Er sah, daß ihre Gestalt, in das einfachste, weiße Gewand gekleidet, ihres Gesichts durchaus würdig und so harmonisch gebildet war, daß sowohl der anmutig geformte Fuß als auch jeder Finger der ebenso anmutigen Hände die Schönheit der ganzen Gestalt zeigten.

Sie lag dort wie das Bild der völlig entspannten Ruhe. Cosmo betrachtete sie, bis er müde wurde. Er setzte sich schließlich in die Nähe des neuentdeckten Heiligtums und nahm mechanisch ein Buch zur Hand, wie jemand, der am Krankenlager wacht. Doch seine Augen konnten von der aufgeschlagenen Seite keinen Gedanken erfassen. Sein Verstand war durch all die offensichtlichen, jeder Erfahrung entgegengesetzten Widersprüche verwirrt worden und ruhte jetzt untätig, ohne Behauptung oder Vermutung, sogar ohne bewußtes Erstaunen, während seine Vorstellung einen Traum der Seligkeit nach dem anderen durch seine Seele ziehen ließ. Cosmo wußte nicht, wie lange er so dasaß, doch endlich erhob er sich und sah, am ganzen Körper zitternd, wieder in den Spiegel. Sie war fort. Der Spiegel bildete treu sein Zimmer ab, wie es war, und nicht mehr. Er hing an der Wand wie eine goldene Fassung, aus der das mittlere Juwel gestohlen worden ist, wie ein Nachthimmel ohne den Glanz der Sterne. Die Frau hatte all die Wunderlichkeit des gespiegelten Zimmers mit sich fortgenommen, es war wieder auf die Ebene der leeren Gewöhnlichkeit herabgesunken. Als die ersten Gedanken der Enttäuschung geschwunden waren, begann Cosmo, sich mit der Hoffnung zu trösten, daß sie vielleicht am nächsten Abend zur gleichen Zeit wiederkommen werde. Er beschloß, daß sie, wenn sie kommen sollte, auf keinen Fall durch das verhaßte Skelett erschreckt werden dürfe und räumte es mit einigen anderen Gegenständen fraglichen Aussehens in eine Nische neben dem Kamin, wo sie unmöglich im Spiegel sichtbar sein konnten. Nachdem er sein Zimmer so gut wie möglich aufgeräumt hatte, suchte er Linderung unter freiem Himmel und im Nachtwind; denn er fand keine Ruhe. Als er etwas gefaßter zurückkehrte, konnte er sich kaum dazu überwinden, in sein Bett zu gehen, da er wußte, daß sie darauf gelegen hatte. Sich selbst dorthin zu legen erschien ihm fast wie ein Sakrileg. Schließlich siegte seine Müdigkeit, und er schlief, bekleidet wie er war, bis zum nächsten Morgen.

Mit klopfendem Herzen, klopfend, daß er kaum Atem holen konnte, stand er am folgenden Abend in dumpfer Hoffnung vor dem Spiegel. Wieder leuchtete das gespiegelte Zimmer im wachsenden Zwielicht wie durch einen purpurnen Dampf. Alles schien, wie Cosmos selbst, auf eine zukünftige Herrlichkeit zu warten, die ihre arme, irdische Welt mit der Gegenwart einer himmlischen Freude selig machen würde. Und gerade als das Zimmer im Schlag der benachbarten Kirchturmuhr erzitterte, die die sechste Stunde ankündigte, glitt die bleiche Schönheit herein und legte sich wieder auf das Ruhebett. Der arme Cosmo war fast von Sinnen vor Glück. Sie war wieder da! Ihre Augen suchten die Ecke, in der das Skelett gestanden hatte, und ein leichter Schimmer von Befriedigung zog über ihr Gesicht, als sie die Ecke leer sah. Sie wirkte immer noch leidend, doch ihre Haltung drückte weniger Unbehagen aus als am vergangenen Abend. Sie betrachtete die Gegenstände in ihrer Umgebung genauer und blickte mit gewisser Neugierde die seltsamen Geräte an, die hier und da im Zimmer standen. Schließlich überkam

sie aber die Müdigkeit wieder, und sie schlief ein. Cosmo beobachtete sie, fest entschlossen, die Schlummernde diesmal nicht aus den Augen zu lassen. Ihr Schlaf wirkte bald so tief und fest, daß eine herrliche Ruhe von ihr ausging, die sich auf Cosmo übertrug, während er sie anschaute. Er schrak auf als erwache er aus einem Traum, als sich die Dame bewegte, sich erhob, ohne die Augen zu öffnen und das Zimmer mit den Bewegungen einer Schlafwandlerin verließ.

Cosmo befand sich jetzt in einem Zustand äußersten Glücks. Die meisten haben irgendwo einen geheimen Schatz. Der Geizhals hat seinen Goldhaufen, der Kunstkenner seinen Lieblingsring, der Student sein seltenes Buch, der Dichter seinen Lieblingsplatz, der Liebende seine geheime Schublade. Doch Cosmo hatte einen Spiegel mit einer lieblichen Dame darin. Und jetzt, da er durch das Skelett wußte, daß die Umgebung auf sie wirkte, hatte er einen neuen Lebensinhalt: er wollte die leere Kammer im Spiegel in ein Zimmer verwandeln, wie es einer Dame würdig war. Das konnte er nur erreichen, indem er sein Zimmer möblierte und schmückte. Und Cosmo war arm. Doch er besaß Fähigkeiten, die er gewinnbringend einsetzen konnte. Er hatte es bisher vorgezogen, von seinen geringen Mitteln zu leben und diese nicht durch eine Tätigkeit, die sein Stolz als unter seiner Würde empfand, aufzubessern versucht. Er war der beste Schwertkämpfer der Universität und bot jetzt Unterrichtsstunden im Fechten und ähnlichen Übungen für jene an, die ihn für seine Bemühungen gut bezahlen würden. Die Studenten hörten von seinem Angebot mit Erstaunen, doch viele nahmen es eilig wahr. Bald war sein Unterricht nicht mehr nur auf die reicheren Studenten beschränkt, sondern auch manch einer der jungen Adligen aus Prag und Umgebung bemühten sich darum. Schon nach kurzer Zeit hatte er eine gute Summe Geldes zur Verfügung. Als erstes räumte er seine Geräte und absonderlichen Besitztümer in einen Wandschrank. Dann ordnete er sein Bett und einige andere Habseligkeiten auf beiden Seiten des Kamins an und trennte sie vom restlichen Zimmer durch zwei Paravants aus indischem Stoff ab. Dann stellte er ein elegantes Ruhebett, worauf sich die Dame legen konnte, in die Ecke, wo vorher sein Bett gestanden hatte. Jeden Tag fügte er einen wertvollen Gegenstand hinzu, so daß schließlich ein reiches Boudoir entstand.

Jeden Abend ungefähr zur gleichen Zeit kam die Dame herein. Als sie zum ersten Mal das neue Ruhebett sah, lächelte sie fast, dann wurde ihr Gesicht sehr traurig. Tränen traten in ihre Augen, und sie legte sich auf das Ruhebett und verbarg ihr Gesicht in den seidenen Kissen, als wolle sie sich vor allem verstecken. Sie bemerkte jede Veränderung und jeden neuen Gegenstand, und ein Ausdruck von Anerkennung, als wisse sie, daß jemand für sie sorge, vermengte sich mit dem Leid auf ihrem Gesicht. Eines Abends, nachdem sie sich wie üblich niedergelegt hatte, fiel ihr Blick auf einige Bilder, mit denen Cosmo kurz zuvor die Wände geschmückt hatte. Sie erhob sich und ging, zu seiner großen Freude, durch das Zimmer, um sie genauer zu betrachten, wobei ihr Gesicht großes Vergnügen ausdrückte. Doch wieder kehrte der kummervolle Ausdruck zurück, und weinend verbarg sie den Kopf in den Kissen des Ruhebettes. Ihre Haltung war jedoch langsam gefaßter geworden, viel von dem Leid in ihrer früheren Erscheinung war verschwunden, und ein ruhiger, hoffnungsvoller Ausdruck war an seine Stelle getreten. Immer wieder wich dieser jedoch einem ängstlichen, besorgten Aussehen.

Wie erging es Cosmo dabei? Wie man bei jemandem seines Gemüts erwarten konnte, war sein Interesse zu Liebe aufgeblüht und seine Liebe – soll ich sagen reifte oder – welkte zu Leidenschaft. Denn ach, er liebte einen Schatten. Er konnte sich ihr nicht nähern, konnte nicht mit ihr sprechen, keinen Laut von diesen süßen Lippen vernehmen, an denen seine verlangenden Blicke hingen wie Bienen an ihren Honigwaben. Zu allen Zeiten sang er vor sich hin:

»Ich werde sterben vor Lieb' zu dem Mädchen«, obwohl sein Herz fast brach vor Leben und Sehnsucht. Und je mehr er für sie tat, desto mehr liebte er sie und hoffte, daß sie, auch wenn sie ihn anscheinend nie sah, sich doch an dem Gedanken erfreuen würde, daß ein Unbekannter sein Leben für sie hingeben würde. Er versuchte, sich über die Trennung von ihr hinwegzutrösten, indem er sich sagte, daß sie ihn eines Tages vielleicht sehen und ihm ein Zeichen geben würde, und das werde ihn zufriedenstellen; »denn«, dachte er, »ist

das nicht alles, was eine liebende Seele tun kann, in Kontakt zu einer anderen zu treten?« Einmal dachte er daran, ein Bild an die Wand zu malen, was der Dame natürlich einen seiner Gedanken mitteilen würde, doch obwohl er mit dem Stift recht geschickt war, stellte er fest, daß seine Hand bei einem Versuch so sehr zitterte, daß er gezwungen war, ihn aufzugeben.

»Wer lebt, wird sterben; wer stirbt, wird leben.«

Eines Abends, als er seinen Schatz betrachtete, schien ihm, als sehe er etwas wie Selbstbewußtsein in ihrer Haltung, als vermute sie, von leidenschaftlichen Blicken beobachtet zu werden, und schließlich zog eine Röte über ihren Hals, ihre Wangen und ihre Stirn. Cosmos Verlangen, sich ihr zu nähern, wurde fast zum Wahnsinn. An diesem Abend trug sie ein Abendkleid, glitzernd vor Diamanten. Es konnte ihre Schönheit nicht erhöhen, zeigte sie jedoch auf eine neue Weise, machte es ihrer Lieblichkeit möglich, sich auf eine neue Art, in einer neuen Gestalt zu zeigen. Diamanten blitzten halb versteckt in der schwarzen Fülle ihres Haars wie Sterne, die durch dunkle Regenwolken scheinen; und die Armreife an ihren weißen Armgelenken warfen Lichter in allen Regenbogenfarben wie Blitze, als sie ihre zarte Hand zum Gesicht erhob, um seine Röte zu bedecken. Doch ihre Schönheit überstrahlte jeden Schmuck. »Wenn ich nur einen ihrer Füße küssen könnte, wäre ich zufrieden«, dachte Cosmo. Ach, er betrog sich, denn Leidenschaft ist nie zufrieden. Doch plötzlich, als sei ein Stich von außen in sein Herz gedrungen, der zunächst nur als Schmerz zu spüren war, schoß ihm ein Gedanke durch den Kopf: »Sie hat einen Geliebten irgendwo. Worte von ihm, an die sie sich jetzt erinnert, erzeugen die Röte auf ihrem Gesicht. Ich existiere nicht für sie. Sie lebt den ganzen Tag in einer anderen Welt und auch die ganze Nacht, nachdem sie mich verlassen hat. Warum kommt sie und bringt mich dazu, sie zu lieben, bis ich, ein starker Mann, zu schwach bin, sie länger zu betrachten?« Er sah sie an, und ihr Gesicht war bleich wie eine Lilie. Ein kummervolles Mitleid schien das Glitzern der Juwelen zu tadeln, und langsam stiegen Tränen in ihre Augen. An diesem Abend verließ sie ihr Zimmer früher als gewöhnlich. Cosmo blieb allein mit einem Gefühl, als sei seine Brust plötzlich hohl und leer, und das Gewicht der ganzen Welt drücke gegen ihre Wände. Am nächsten Abend kam sie zum ersten Mal nicht mehr.

Jetzt war Cosmo in einem furchtbaren Zustand. Seit ihm der Gedanke an einen Nebenbuhler gekommen war, hatte er keine ruhige Minute mehr. Sehnlicher denn je wollte er die Dame von Angesicht zu Angesicht sehen. Er redete sich ein, daß er zufrieden wäre, wenn er das Schlimmste wenigstens wüßte, denn dann könnte er Prag verlassen und Erleichterung in ständiger Bewegung finden. Zunächst wartete Cosmo mit unsäglicher Unruhe auf den nächsten Abend, und hoffte, sie werde wiederkommen, doch sie erschien nicht. Jetzt wurde er wirklich krank. Von seinen Kommilitonen wegen seines elenden Aussehens verspottet, ging er nicht mehr zu den Vorlesungen. Er versäumte seine Verabredungen. Er machte sich aus nichts etwas. Der Himmel mit der großen Sonne darin war ihm eine herzlose, brennende Wüste. Die Männer und Frauen auf der Straße waren Puppen ohne eigenes Leben oder Bezug zu ihm. Er sah sie alle wie auf dem ständig wechselnden Bild in einer Camera obscura. Sie – und nur sie allein – war sein Universum, seine Lebensquelle, seine menschgewordene Gottheit. Sechs Abende lang kam sie nicht. Sei seine Leidenschaft und das langsame Fieber, welches sein Hirn verzehrte, seine Entschuldigung für den Entschluß, den er gefaßt und auszuführen begonnen hatte, bevor diese Zeit abgelaufen war.

Er dachte bei sich, daß irgendein Zauber an dem Spiegel haften müsse, damit die Gestalt der Dame darin zu sehen sein könne, und er beschloß, einzusetzen, was er bisher nur aus Neugierde studiert hatte. »Denn,« sagte er sich, »wenn ein Zauber sie zwingen kann im Spiegel zu sein (und sie kam am Anfang unfreiwillig), mag vielleicht ein stärkerer Zauber, wie ich ihn kenne – falls sie je wieder kommt – ihre lebende Gestalt zwingen, zu mir hierher zu kommen? Wenn ich ihr Unrecht tue, mag die Liebe meine Entschuldigung sein. Ich möchte meinen Untergang nur von ihren eigenen Lippen empfangen.« Er zweifelte die ganze Zeit nie daran, daß sie eine irdische Frau war, die auf

die eine oder andere Weise das Spiegelbild ihrer Gestalt in dem magischen Spiegel hervorbrachte.

Er öffnete seine Geheimschublade, nahm seine magischen Bücher heraus, entzündete seine Lampe und in den drei folgenden Nächten las er und machte sich Notizen von Mitternacht bis drei Uhr morgens. Dann legte er seine Bücher zurück, und in der folgenden Nacht machte er sich auf den Weg, die Gegenstände zu besorgen, die er für die Beschwörung brauchte. Sie waren nicht leicht zu finden, denn in Liebeszaubern und allen Beschwörungen dieser Art werden Zutaten verwendet, die man kaum nennen kann, und schon der Gedanke daran im Zusammenhang mit ihr war Cosmo nur aufgrund der bitteren Notwendigkeit entschuldbar. Schließlich gelang es ihm, alles zu beschaffen, was er brauchte, und am siebten Abend, nachdem sie zum letzten Mal gekommen war, war Cosmo darauf vorbereitet, sich ungesetzlicher und tyrannischer Mächte zu bedienen.

Er räumte die Mitte des Zimmers frei, bückte sich und zog auf dem Boden einen roten Kreis um den Punkt, auf dem er stand, schrieb in vier Abschnitte mystische Zeichen und Zahlen, die sämtlich Vielfache von sieben und neun waren, untersuchte den ganzen Ring genau, ob ihm auch nicht die kleinste Unterbrechung in der Kreislinie unterlaufen war und erhob sich dann aus seiner gebückten Haltung. Als er sich aufrichtete, schlug die Kirchturmuhr sieben, und genau wie beim ersten Mal, zögernd, langsam und gemessen, glitt die Dame herein. Cosmo zitterte; als sie sich umdrehte, bemerkte er ihr müdes und totenbleiches Aussehen, wie von innerer Krankheit und Sorge, und er wurde schwach, fühlte sich, als wage er nicht, fortzufahren. Doch als er das Gesicht und die Gestalt betrachtete, die jetzt seine ganze Seele beherrschten, alle anderen Freuden und Leiden ausschließend, wurde das Verlangen, mit ihr zu sprechen, zu wissen, daß sie ihn verstand, ein Wort der Erwiderung von ihr zu hören, so unerträglich, daß er plötzlich und hastig seine Vorbereitungen wieder aufnahm. Er trat vorsichtig aus dem Kreis und stellte ein kleines Kohlenbecken in seine Mitte. Dann entzündete er die Kohlen darin, und während sie abbrannten, öffnete er das Fenster, setzte sich daneben und wartete.

Es war ein schwüler Abend. Die Luft war gewitterschwanger. Ein Gefühl von schwelgerischer Niedergedrücktheit erfüllte das Gehirn. Ein purpurner Hauch durchzog die Atmosphäre, und durch das offene Fenster kamen die Düfte entfernter Felder, die auch von allen Ausdünstungen der Stadt nicht unterdrückt wurden.

Bald glühten die Kohlen. Cosmo warf den Weihrauch und alles, was er zusammengestellt hatte, darauf, trat in den Kreis und blickte vom Kohlenbecken empor in den Spiegel. Dann heftete er seinen Blick auf das Gesicht der Dame und begann mit zitternder Stimme, eine mächtige Zauberformel zu wiederholen. Er war noch nicht weit gekommen, da erbleichte die Dame, und dann, wie von einer wiederkehrenden Welle, wurde ihr Gesicht mit Purpur durchflutet, und sie verbarg es in den Händen. Dann ging Cosmo zu einer stärkeren Beschwörung über. Die Dame erhob sich und schritt unruhig in ihrem Zimmer auf und ab. Beim nächsten Zauberspruch suchten ihre Augen nach einem Gegenstand, auf dem sie ruhen konnten. Schließlich sah es aus, als habe sie Cosmo entdeckt, denn ihr Blick traf weit und direkt den seinen, und sie bewegte sich langsam auf den Spiegel zu, als hätten Cosmos Augen sie bezaubert. Cosmo hatte sie nie zuvor so nahe gesehen. Endlich trafen sich ihre Augen, wobei er den Ausdruck der ihrigen nicht deuten konnte. Sie waren erfüllt von zartem Flehen, doch er sah noch etwas anderes darin, was er nicht verstand. Obgleich sein Herz in seiner Kehle zu pochen schien, ließ er sich nicht durch Freude oder Bewegung von seiner Aufgabe ablenken. Er sah ihr weiter in das Gesicht und ging zur mächtigsten Zauberformel über, die er kannte. Plötzlich drehte sich die Dame um und ging durch die Tür des gespiegelten Zimmers hinaus. Einen Augenblick später betrat sie sein Zimmer in wirklicher Gestalt. Cosmo vergaß alle Vorsichtsmaßregeln, sprang aus dem Zauberkreis und kniete vor ihr nieder. Dort stand sie, die Dame seiner leidenschaftlichen Gesichte, allein neben ihm, im gewitterschweren Zwielicht und der Glut eines magischen Feuers.

»Warum«, sagte die Dame mit zitternder Stimme, »habt Ihr mich hierhergebracht, allein durch regennasse Straßen?«

»Weil ich sterbe vor Liebe zu Euch. Aber ich brachte Euch nur aus dem Spiegel dort.«

»Ach, der Spiegel!« und sie sah auf zu ihm und schauderte.

»Weh, ich bin nur ein Sklave, solange es diesen Spiegel gibt. Doch denkt nicht, es sei die Kraft Eurer Zauberworte, die mich hierherzog; es war Euer sehnender Wunsch, mich zu sehen, der am Tor meines Herzens klopfte, bis ich nachgeben mußte.«

»Könntet Ihr mich denn lieben?« fragte Cosmo mit einer Stimme, die ruhig war wie der Tod, doch fast unvernehmlich vor Erregung.

»Ich weiß es nicht«, erwiderte sie traurig, »das kann ich nicht sagen, solange noch Zauberkräfte mich verwirren. Es wäre wahrhaftig ein großes Glück, meinen Kopf an Eure Brust zu legen und zu weinen bis zum Tod, denn ich denke, Ihr liebt mich, obgleich ich es nicht weiß, – doch – « Cosmo erhob sich von den Knien.

»Ich liebe Euch, wie – nein, ich weiß nicht was – denn seit ich Euch liebe, gibt es nichts anderes mehr für mich.« Er ergriff ihre Hand, sie entzog sie ihm.

»Nein, besser nicht, ich bin in Eurer Macht, und darum darf ich nicht.« Sie brach in Tränen aus, kniete ihrerseits vor ihm nieder und sagte:

»Cosmo, wenn Ihr mich liebt, befreit mich, auch von Euch selbst, zerbrecht den Spiegel.«

»Und werde ich Euch dann sehen?«

»Das weiß ich nicht, ich will Euch nicht betrügen: vielleicht begegnen wir uns nie wieder.« Ein wilder Kampf erhob sich in Cosmos Brust. Jetzt war sie in seiner Macht. Sie lehnte ihn zumindest nicht ab, und er konnte sie sehen, wann immer er wollte. Den Spiegel zerbrechen würde bedeuten, sein eigentliches Leben zu zerstören, die einzige Herrlichkeit, die es enthielt, aus seiner Welt zu verbannen. Sein Leben würde zum Gefängnis werden, wenn er das eine Fenster vernichten würde, das einen Blick ins Paradies der Liebe erlaubte. Da seine Liebe noch nicht rein war, zögerte er. Mit einem schmerzlichen Wehlaut erhob sich die Dame. »Ach, er liebt mich nicht! Er liebt mich nicht einmal so, wie ich ihn liebe, und weh! Seine Liebe ist mir teurer als die Freiheit, um die ich bitte.«

»Ich werde nicht mehr warten!« rief Cosmo und sprang in die Ecke, in welcher das große Schwert stand.

Inzwischen war es sehr dunkel geworden, nur die Kohlen warfen einen roten Schein ins Zimmer. Er packte das Schwert an der stählernen Scheide und stand vor dem Spiegel, doch als er mit dem schweren Knauf zu einem wuchtigen Hieb ausholte, rutschte die Klinge halb aus der Scheide und der Knauf traf die Wand über dem Spiegel. In diesem Augenblick schien ein furchtbarer Donnerschlag genau neben ihnen im Zimmer zu explodieren, und bevor Cosmo den Hieb wiederholen konnte, fiel er bewußtlos neben den Kamin. Als er zu sich kam, stellte er fest, daß die Dame und der Spiegel verschwunden waren. Ein Nervenfieber ergriff ihn, das ihn für Wochen ans Bett fesselte.

Sobald er wieder zur Besinnung kam, dachte er daran, was aus dem Spiegel geworden sein könnte. Was die Dame betraf, hoffte er, daß sie ihren Weg zurück gefunden hatte, wie sie auch gekommen war; doch da ihr Schicksal an den Spiegel gebunden war, machte er sich mehr Sorgen um ihn. Er konnte sich nicht vorstellen, daß sie ihn fortgetragen hatte; er war viel zu schwer, als daß sie ihn hätte bewegen können, selbst wenn er nicht an der Wand befestigt gewesen wäre. Dann fiel ihm wieder der Donnerschlag ein, und er glaubte schließlich, daß nicht der Blitz, sondern ein anderer Hieb ihn niedergestreckt hatte. Er nahm an, daß entweder durch eine übernatürliche Kraft — er hatte sich der Rache der Dämonen ausgesetzt, indem er den sicheren Kreis verließ — oder auf eine andere Weise der Spiegel den Weg zurück zu seinem früheren Besitzer gefunden hatte, und dieser ihn, welch schrecklicher Gedanke, schon wieder verkauft hatte, womit er die Dame der Macht eines anderen auslieferte. Dieser wiederum könnte, selbst wenn er seine Macht nicht schlimmer einsetzte als Cosmo, ihm noch genügend Gründe geben, seine eigennützige Unentschlossenheit zu verfluchen, die ihn davon abgehalten hatte, den Spiegel sofort zu zerbrechen. Wahrhaftig, zu denken, daß sie, die er liebte, und die ihn um ihre Freiheit angefleht hatte, immer noch irgendwo der Gnade des Spiegelbesitzers ausgeliefert war, schien schon genug, einen weniger leidenschaftlich Liebenden verrückt zu machen.

Sein eifriger Wunsch, gesund zu sein, verzögerte seine Genesung, doch schließlich war Cosmo in der Lage, sein Zimmer zu verlassen. Zuerst ging er zu dem alten Trödler, gab allerdings vor, etwas anderes zu suchen. Ein höhnisches Grinsen auf dem Gesicht dieser Gestalt überzeugte ihn davon, daß der Alte alles wußte, doch Cosmo konnte den Spiegel nicht zwischen den Möbeln entdecken, noch irgendeine Kenntnis darüber erlangen, was aus ihm geworden war. Der Alte drückte sein äußerstes Erstaunen darüber aus, daß der Spiegel gestohlen worden war; ein Erstaunen, das Cosmo sofort als geheuchelt erkannte, und er stellte sich auch vor, daß der alte Schuft sich gar keine Mühe gab, es als echt auszugeben. Voller Qual, die er so gut wie möglich verbarg, stellte Cosmo viele Nachforschungen an, doch ohne Erfolg. Natürlich konnte er keine Fragen stellen, doch er hielt seine Ohren offen auch für die entferntesten Hinweise, die seiner Suche eine Richtung geben konnten. Er ging nie aus, ohne einen kurzen, schweren Stahlhammer dabeizuhaben, damit er den Spiegel zertrümmern konnte, sobald er das Glück hatte, seinen verlorenen Schatz wiederzuentdecken. Ob er die Dame je wiedersehen würde, war jetzt ein völlig zweitrangiger Gedanke, den er dem Erlangen ihrer Freiheit hintanstellte. Er wanderte überall herum wie ein unruhiger Geist, bleich und hager, und es nagte an seinem Herzen, wenn er daran dachte, was sie erleiden mußte.

Eines Abends mischte er sich unter eine Menge, welche die Räume eines der besten Häuser der Stadt füllte, denn er nahm jede Einladung an, um keine auch noch so kleine Möglichkeit auszulassen, etwas zu erfahren, das seiner Entdeckung förderlich sein könnte. Er ging umher und lauschte auf jedes Wort, das er vernahm, in der Hoffnung auf eine Neuigkeit. Als er sich einigen Damen näherte, die sich in einer Ecke leise unterhielten, sagte eine von ihnen: »Habt Ihr von der eigenartigen Krankheit der Prinzessin von Hohenweiß gehört?«

»Ja, sie ist jetzt schon seit mehr als einem Jahr krank. Es ist wirklich furchtbar für ein so liebes Wesen, eine derartig schreckliche Krankheit zu haben. Kürzlich ging es ihr einige Wochen lang besser, aber in den letzten Tagen haben sich die alten Anfälle wiederholt, anscheinend mit stärkeren Schmerzen verbunden als je zuvor. Es ist wirklich eine ganz und gar unerklärliche Geschichte.«

»Gibt es denn eine Geschichte um ihre Krankheit?«

»Ich habe nur unvollständige Berichte davon gehört, doch man sagt, sie habe vor ungefähr achtzehn Monaten eine alte Frau beleidigt, die eine Vertrauensstellung in der Familie gehabt hatte, und die nach einigen unzusammenhängenden Drohungen verschwand. Dieser seltsame Gemütszustand entwickelte sich kurz darauf. Doch das Eigenartigste an der Geschichte ist, daß sie mit dem Verlust eines alten Spiegels zusammenhängt, der in ihrem Ankleidezimmer stand und den sie laufend gebrauchte.« Hier sank die Stimme der Sprechenden zu einem Flüstern herab, und Cosmo konnte, obwohl er sich äußerste Mühe gab, nichts mehr hören. Er zitterte zu sehr, um es zu wagen, die Damen anzusprechen, selbst wenn es ratsam gewesen wäre, sich ihrer Neugierde auszusetzen. Der Name der Prinzessin war ihm wohlbekannt, doch er hatte sie nie gesehen, außer wenn sie es wirklich gewesen war, die in jener schrecklichen Nacht vor ihm gekniet hatte. Da er befürchtete, Aufsehen zu erregen – durch seinen schlechten Gesundheitszustand konnte er sein ruhiges Aussehen nicht zurückgewinnen – ging er hinaus ins Freie und erreichte seine Wohnung, glücklich, endlich zu wissen, wo sie lebte, obwohl er nicht im Traum daran dachte, sie offiziell aufzusuchen, selbst wenn es ihm mit Glück gelingen würde, sie von ihrer verhaßten Verbannung zu erlösen. Er hoffte, da er unerwartet schon so viel erfahren hatte, auch der andere und viel wichtigere Teil seiner Suche möge bald Erfolg haben.

. . . .

»Habt Ihr Steinwald in der letzten Zeit gesehen?«

»Nein, ich bin ihm schon länger nicht mehr begegnet. Er ist mir jetzt fast ebenbürtig mit dem Stoßdegen, und ich nehme an, er glaubt, er brauche keinen Unterricht mehr.«

»Ich frage mich, was aus ihm geworden ist. Ich möchte ihn sehr gerne wiedertreffen. Nun, als ich ihn das letzte Mal sah, kam er aus dem alten Trödelladen, zu dem Ihr mich, wie Ihr Euch erinnern werdet, einmal begleitet habt, um eine alte Rüstung zu begutachten. Seitdem sind schon volle drei Wochen vergangen.«

Dieser Hinweis war ausreichend für Cosmo. Von Steinwald war ein Mann von Einfluß bei Hofe, wohlbekannt für seine rücksichtslosen und wilden Leidenschaften. Schon die Möglichkiet, daß der Spiegel in seinem Besitz sein könnte, war für Cosmo die Hölle selbst. Doch gewaltsame oder übereilte Maßnahmen jeder Art hatten wenig Aussicht auf Erfolg. Alles, was er brauchte, war eine Gelegenheit, den furchtbaren Spiegel zu zerbrechen, und um das erreichen zu können, mußte er sich Zeit lassen. Er wälzte viele Pläne in seinem Kopf, ohne sich jedoch zu einem entschließen zu können.

Endlich, eines Abends, als er am Haus von Steinwalds vorüberging, sah er die Fenster heller erleuchtet als sonst. Er beobachtete das Geschehen eine Zeitlang, und als er sah, daß die ersten Gäste kamen, eilte er nach Hause und kleidete sich so reich er konnte, in der Hoffnung, sich ungefragt unter die Gäste mischen zu können, was einem Mann seines Formats zweifellos gelingen mußte.

. . . .

In einem hohen, ruhigen Zimmer in einem anderen Teil der Stadt lag eine Gestalt, die mehr Marmor als einer lebenden Frau glich. Der Zauber des Todes schien ihr Gesicht gefroren zu haben, denn ihre Lippen waren starr und ihre Lider geschlossen. Ihre langen, weißen Hände waren über ihrer Brust gekreuzt, und kein Atem störte ihre Ruhe. Neben den Toten sprechen die Menschen flüsternd, als könne der tiefste Schlaf von allen durch den Klang einer lebenden Stimme gestört werden. Genauso unterhielten sich die beiden Damen, die neben ihr saßen, obwohl ihre Seele offensichtlich jenseits aller Bereiche weilte, welche die Sinne berühren konnten. Sie sprachen in den sachtesten Tönen des unterdrückten Kummers.

»Sie liegt schon seit einer Stunde so.«

»Ich fürchte, es wird nicht mehr lange gehen.«

»Wieviel schmaler sie doch in den letzten Wochen geworden ist! Wenn sie nur sprechen würde und erklären, woran sie leidet; es wäre wirklich besser für sie. Ich glaube, sie hat Visionen in ihrer Bewußtlosigkeit, doch nichts kann sie dazu bringen, etwas darüber zu sagen, wenn sie wach ist.«

Die Prinzessin ließ ihre Begleiterin bald hinter sich ...

»Spricht sie denn je, wenn sie ohne Bewußtsein ist?«

»Ich habe es nie gehört, aber sie sagen, daß sie manchmal umhergehe und einmal das ganze Haus in Angst und Schrecken versetzt habe, indem sie eine Stunde lang verschwunden und dann völlig regendurchnäßt zurückgekommen sei, fast tot vor Erschöpfung und Furcht. Doch selbst damals wollte sie nicht erklären, was geschehen war.« Ein kaum hörbares Murmeln von den dennoch bewegungslosen Lippen der Dame ließ ihre Wächterinnen aufschrecken. Nach einigen ergebnislosen Versuchen, zu sprechen, brach das Wort »Cosmo« aus ihr hervor. Dann lag sie still wie zuvor, doch nur einen Augenblick lang. Mit einem wilden Schrei sprang sie aus dem Bett, warf die Arme über den Kopf, ihre Hände öffneten und schlossen sich, ihre weit aufgerissenen Augen strahlten vor Licht, und sie rief laut, mit einer Stimme wie der eines Geistes, der aus einem Grab hervorbricht:

»Ich bin frei! Ich bin frei! Oh, ich danke dir!« Sie warf sich auf das Bett und schluchzte, erhob sich dann und ging wild im Zimmer auf und ab mit Bewegungen voller Glück und Sorge. Schließlich wandte sie sich an ihre regungslosen Wächterinnen: »Schnell, Lisa, meinen Umhang und die Kapuze!« Dann leiser: »Ich muß zu ihm gehen. Beeil dich, Lisa! Du kannst mit mir kommen, wenn du willst.« Kurze Zeit später waren sie auf der Straße und hasteten auf eine der Moldaubrücken zu. Der Mond stand fast im Zenit, und die Straßen waren beinahe leer. Die Prinzessin ließ ihre Begleiterin bald hinter sich, und hatte die Brücke schon halb überquert, als jene sie erst betrat.

»Seid Ihr frei, meine Dame? Der Spiegel ist zerstört: seid Ihr frei?« Diese Worte wurden dicht neben ihr gesagt, als sie dahineilte. Sie wandte sich um, und dort, auf die Brüstung in einer Nische der Brücke gelehnt, stand Cosmo, in prächtiger Kleidung, doch mit weißem, bebendem Gesicht.

»Cosmo! Ich bin frei – und deine Dienerin für immer. Ich war auf dem Weg zu dir.«

»Und ich wollte zu dir, denn der Tod hat mir Mut gegeben, doch ich kam nicht weiter. Habe ich alles wieder gut gemacht? Liebe ich dich jetzt – wirklich?«

»Oh, ich weiß, daß du mich liebst, mein Cosmo, doch warum sprichst du vom Tod?« Er antwortete nicht. Seine Hand war gegen seine Seite gedrückt. Sie sah genauer hin: das Blut quoll zwischen den Fingern hervor. Sie warf mit einem schwachen, bitteren Wehlaut die Arme um ihn.

Als Lisa herankam, fand sie ihre Herrin kniend über ein leeres, totes Gesicht gebeugt, das noch immer im geisterhaften Mondlicht lächelte.

Von manch einem heißen Mittag bis zur Dämmerung saß ich in dem großen Saal, begraben und wieder auferstanden in den alten Büchern. Und ich bin sicher, daß ich manches von ihren unsterblichen Seiten in meiner Seele mit mir genommen habe.

KAPITEL XIII

Deine Säle
Durchgingen wir, nicht ohne groß Ergötzen
An mancher Seltenheit, doch sahn wir nicht,
Was meine Tochter sehnlich wünscht zu schaun:
Der Mutter Bild!

Shakespeare, Das Wintermärchen

Es erschien mir eigenartig, daß ich während all dieser Zeit im Feenpalast keine Musik gehört hatte. Ich war überzeugt, daß es hier Musik gab, meine Sinne jedoch noch zu grob waren, den Einfluß jener mysteriösen Schwingungen zu empfangen, die Klänge hervorbringen. Manchmal war ich, aufgrund der Art, in der sich die wenigen Wesen bewegten, die mir begegneten, sicher, daß sie sich zu den Klängen von Musik bewegten; und wirklich glaubte ich mehrmals, wundersame Töne zu vernehmen. Aber sie dauerten nicht lange genug, um mich davon zu überzeugen, daß ich sie mit meinen körperlichen Sinnen wahrgenommen hatte.

Nun, an einem Abend, als ich noch keine Woche im Palast war, wanderte ich durch viele helle Arkadengänge dahin. Schließlich gelangte ich durch eine Tür, die sich hinter mir schloß, in noch einen riesigen Saal des Palastes. Er war von gedämpftem, warmem Licht erfüllt, in welchem ich erkennen konnte, daß schlanke schwarze Säulen, dicht an die weißen Marmorwände gebaut, zu großer Höhe hinaufreichten und sich in zahllose, auseinanderlaufende Bögen teilten. Sie trugen eine Decke aus weißem Marmor wie die Wände, auf welchen sich die Bögen kompliziert überkreuzten und so ein schwarzes Muster bildeten, das vor dem Weiß wie das Netzwerk eines Blattgerippes wirkte. Der Fußboden war schwarz. Zwischen mehreren Säulenpaaren auf jeder Seite war die dahinterliegende Wand durch karminrote Vorhänge aus dicker Seide bedeckt, die in schweren, reichen Falten herabfielen. Hinter jedem dieser Vorhänge brannte ein helles Licht, und diese Lichter waren die Quelle des Scheins, der den Saal erfüllte. Ein eigenartig süßer Duft durchzog den Raum. Sobald ich eintrat, war mir, als komme die alte Eingebung zurück, denn ich fühlte den starken Drang zu singen, oder besser, es war, als singe jemand anderes ein Lied in meiner Seele. Doch ich schwieg, und überwältigt von dem warmen Licht und der Stille ging ich ans andere Ende des Saales, wo neben einem weißen Marmortisch ein karminroter Stuhl — fast schon ein Thron — stand, warf mich hinein und gab mich einer wunderschönen Abfolge von Bildern hin, die an meinem inneren Auge in einer langen, teilweise übervollen Reihe vorüberglitten. Hier saß ich vermutlich stundenlang, bis ich, sozusagen zu mir kommend, wahrnahm, daß das rötliche Licht vergangen war. Ein kühler Hauch strich über meine Stirn. Ich erhob mich und verließ mit unsicheren Schritten den Saal und fand nur mit einiger Schwierigkeit den Weg zu meinem Zimmer.

Von nun an kehrte ich jeden Morgen in diesen Saal zurück, wo ich zuweilen in dem Sessel saß und süß dahinträumte, zuweilen über den schwarzen Boden dahinschritt. Manchmal spielte ich in meinem Inneren ein ganzes Drama während einer dieser Wanderungen, Manchmal wagte ich, ein Lied zu singen, doch mit bebender Furcht, ich weiß nicht, wovor. Ich war erstaunt über die Schönheit meiner Stimme, als sie durch den hohen Raum schallte oder vielmehr, sich windend wie eine Schlange von Klängen, an den Wänden und der Decke dieses herrlichen Konzertsaals entlangzog. Zauberhafte Verse stiegen in mir auf wie von selbst, besangen sich mit ihren eigenen Melodien und brauchten keine weitere Begleitung, um ihrer inneren Bedeutung zu genügen. Immer in den Pausen zwischen den Versen, wenn ich in der Stimmung zu singen war, hörte ich etwas wie das weit entfernte Geräusch zahlreicher Tänzer und hatte das Gefühl, als sei es die unhörbare Musik, zu der sie sich rhythmisch bewegten, welche in mir zu Versen und Liedern erblühte. Ich spürte, wenn ich den Tanz sehen könnte, die Harmonie der verflochtenen Bewegungen, nicht nur der Tänzer in Beziehung zueinander, sondern eines jeden Tänzers allein, die Form gewordene Kraft, die seine harmonische Gestalt bewegte, dann würde ich die Wogen von Musik verstehen, auf welchen die Tänzer dahintrieben.

Schließlich, als ich eines Abends diesen Tanz in mir spürte, kam mir plötzlich der Gedanke, einen der karminroten Vorhänge anzuheben und zu schauen, ob nicht vielleicht dahinter ein weiteres Geheimnis verborgen lag. Ich wurde nicht enttäuscht. Ich ging zu einem der herrlichen Vorhänge, hob eine Ecke und spähte hinein. Dort brannte eine große, kugelförmige Lampe, hoch in der kubischen Mitte eines zweiten Saals, der größer oder kleiner als der erste sein mochte, denn seine Größe war kaum zu erkennen, da Fußboden, Wände und Dach vollständig aus schwarzem Marmor bestanden. Das Gewölbe wurde von der gleichen Anordnung in Bögen auslaufender Säulen gestützt wie das des

anderen Saals, nur waren die Säulen und Bögen in einem dunklen Rot. Doch was meinen entzückten Blick auf sich zog, war eine große Menge weißer Marmorstatuen, welche in allen möglichen Formen und Haltungen den ganzen Saal füllten. Sie standen im goldenen Licht der großen Lampe auf jetschwarzen Sockeln. Um die Lampe herum leuchteten in goldenen Lettern, von meinem Standort aus deutlich lesbar, die Worte:

NICHT BERÜHREN!

Doch all dies erklärte das Geräusch des Tanzens nicht, und ich bemerkte, daß der Eindruck in meinem Gefühl verschwunden war. An diesem Abend ging ich nicht in den Saal, weil ich schwach und müde war.

Am folgenden Abend wanderte ich wie sonst durch den Saal. Meine Gedanken waren mit Bildern und Liedern erfüllt und so beschäftigt, daß ich einige Zeit lang nicht daran dachte, hinter den Vorhang zu schauen, den ich am vorigen Abend gehoben hatte. Als der Gedanke daran zum ersten Mal auftauchte, war ich zufällig nur einige Meter davon entfernt. Im selben Augenblick kam mir zum Bewußtsein, daß das Geräusch von Tanzenden schon seit einiger Zeit zu hören war. Ich trat schnell an den Vorhang heran, hob ihn auf und betrat den schwarzen Saal. Alles war totenstill. Ich hätte fast annehmen können, daß das Geräusch aus einem entfernteren Raum gekommen war; eine Annahme, die sich normalerweise von Anfang an aus der geringen Lautstärke hätte ergeben müssen, doch irgendetwas hatten die Statuen an sich, was mich noch im Zweifel ließ. Wie ich sagte, standen sie völlig ruhig auf ihrem schwarzen Podest, doch jede war von einer bestimmten Atmosphäre umgeben, nicht als bewege sie sich, sondern als hätte sie soeben aufgehört, sich zu bewegen, als sei die Ruhe auf keinen Fall die marmorne Stille von tausenden von Jahren. Es war, als habe die besondere Ausstrahlung jeder Statue noch eine Andeutung von unsichtbarem Beben an sich, wie eine Wellenbewegung im Wasser, die sich noch nicht zu völliger Ruhe geglättet hat. Mein Verdacht war, daß die Figuren mein Eintreten geahnt hatten und jede aus der lebendigen Freude des Tanzes auf die Totenstille und Schwärze ihres Sockels gesprungen war, gerade bevor ich hereinkam. Ich schritt durch den weißen Saal

zu dem Vorhang, der dem von mir geöffneten gegenüber lag. Als ich eintrat, stellte ich fest, daß die Erscheinung die gleiche war, nur die Figuren waren anders und auf andere Art angeordnet. Bei ihnen hatte ich nicht das Gefühl von soeben zu Ende gegangener Bewegung wie bei den Statuen im letzten Saal. Ich fand heraus, daß sich hinter jedem der karminroten Vorhänge ein ähnlicher Saal befand, ähnlich beleuchtet und ähnlich ausgestattet.

Am nächsten Abend ließ ich nicht zu, daß meine Gedanken wie vorher von inneren Bildern in Anspruch genommen wurden, sondern schlich verstohlen bis zum hintersten Vorhang im Saal, hinter welchem ich ebenso einmal das Geräusch von Tanzenden gehört zu haben glaubte. Ich schob den Vorhang zur Seite, so schnell ich konnte und sah, daß tiefste Stille den Raum erfüllte. Ich trat ein und ging hindurch zum anderen Ende. Dort stellte ich fest, daß er eine Verbindung zu einem ringförmigen Gang hatte und nur durch zwei Reihen dunkelroter Säulen von ihm getrennt war. Dieser Gang, schwarz und mit roten Nischen, in welchen Statuen standen, umringte all die Säle, indem er ihre äußeren Seiten miteinander verband. ›Äußere‹ heißt: von dem mittleren, weißen Saal aus gesehen, zu dem all die anderen wie Radien zusammenliefen, während der Gang den Umfang des Kreises bildete. Diesen Korridor ging ich nun entlang und betrat jeden Saal – es waren zwölf –, wobei ich feststellte, daß sie gleich gebaut waren, doch mit recht verschiedenartigen Statuen gefüllt, die aus den unterschiedlichsten Epochen zu stammen schienen. Nachdem ich sie einfach durchwandert hatte, war ich so erschöpft, daß ich mich nach Schlaf sehnte und ging in mein Zimmer.

In dieser Nacht träumte ich, daß ich ganz in der Nähe von einem der Vorhänge plötzlich von dem Wunsch erfaßt wurde, einzutreten und das auch sofort tat. Dieses Mal war ich zu schnell für sie. Alle Statuen waren in Bewegung, nicht länger aus Marmor, sondern Männer und Frauen – in allen Formen der Schönheit, die je dem Geist eines Bildhauers entsprungen waren – verbunden zu Figuren eines kunstvollen Tanzes. Als ich zwischen den Tanzenden hindurch zum anderen Ende des Saals ging, erwachte ich fast aus dem Schlaf, als ich sie sah. Sie nahm weder am Tanz der anderen teil, noch war sie lebendig wie sie, sondern stand in marmorner Kälte und Starre auf einem schwarzen Sockel in der äußersten linken Ecke – meine Dame aus der Höhle, die marmorne Schönheit, die aus ihrem Grab oder ihrer Wiege aufstand beim Ruf meiner Lieder. Während ich sie mit sprachlosem Erstaunen und Bewunderung anstarrte, verhüllte ein dunkler Schatten, der sich von oben herabsenkte wie der Vorhang einer Bühne, sie langsam vor meinen Blicken, bis sie unsichtbar war. Ich fühlte mit einem Schaudern, daß dies vielleicht mein vermißter Dämon sein könnte, den ich seit Tagen nicht mehr gesehen hatte. Ich erwachte mit einem erstickten Schrei.

Natürlich durchwanderte ich am nächsten Abend die Säle (denn ich wußte nicht, in welchen mein Traum mich geführt hatte), in der Hoffnung, der Traum möge sich als wahr erweisen, indem ich die Marmordame auf ihrem schwarzen Sockel entdeckte. Schließlich, als ich in den zehnten Saal kam, glaubte ich, einige der Figuren zu erkennen, die ich im Traum hatte tanzen sehen, doch zu meiner Verwirrung stand, als ich die äußerste, linke Ecke erreichte, dort ein leerer Sockel, der einzige, den ich bisher bemerkt hatte. Er stand, wo in meinem Traum das Podest mit der weißen Dame gestanden hatte. Die Hoffnung ließ mein Herz heftig schlagen.

»Nun«, sagte ich mir, »wenn noch ein anderer Teil des Traumes wahr würde, und es mir gelänge, diese Wesen bei ihrem nächtlichen Tanz zu überraschen, vielleicht würde alles weitere folgen wie im Traum, und ich könnte meine marmorne Königin auf dem Sockel sehen. Und sicher würden meine Lieder, da sie ausreichen, ihr Leben zu verleihen, um so mehr ausreichen, ihr Willen und Bewegung zu geben, wenn sie als einzige von all den marmornen Wesen noch starr und kalt dasteht.«

Doch die Schwierigkeit war, die Tänzer zu überraschen. Ich hatte herausgefunden, daß ein vorausgeplanter Versuch, selbst mit äußerster Vorsicht und Geschwindigkeit ausgeführt, keinen Sinn hatte. Und in meinem Traum hatte ich Erfolg mit einem spontanen Gedanken, den ich plötzlich ausführte. Daher war mir klar, daß es keine Möglichkeit zum Handeln geben konnte außer dieser: mein Gehirn andere Gedanken denken zu lassen, während ich durch den großen Mit-

telsaal wanderte; und so zu warten, bis der Impuls, einen der anderen Säle zu betreten, genau dann kam, wenn ich in der Nähe eines der karminroten Vorhänge war. Ich hoffte, daß, wenn ich irgendeinen der zwölf Säle im richtigen Moment betreten würde, mir das auch das Recht gäbe, alle anderen zu betreten, da sie ja auf der Außenseite miteinander verbunden waren.

Am Anfang kamen die Impulse so häufig, trotz der Überfülle von Bildern, die meine Gedanken durchzogen, daß sie eine zu dichte Reihe bildeten, um hoffen zu können, einer von ihnen wäre überraschend genug. Doch als ich sie immer weiter zurückdrängte, wurden sie seltener, und nachdem zwei oder drei mit genügendem Abstand aufgetreten waren, als ich gerade an einer ungünstigen Stelle stand, fielen schließlich Impuls und geeigneter Moment zusammen, und ich sprang in den neunten Saal. Er war voll der herrlichsten, sich bewegenden Gestalten. Der ganze Raum wogte und flutete von den Drehungen eines komplizierten Tanzes. Dieser schien plötzlich abzubrechen, als ich hereinkam, und alle Wesen machten ein oder zwei Sprünge auf ihren Sockel zu, doch da sie bemerkten, daß ich sie völlig überrascht hatte, kehrten sie zu ihrem Tanz zurück, ohne mich weiter zu beachten. Etwas aufgehalten von der fließenden Menge eilte ich so schnell ich konnte zum Ende des Saals, wo ich in den Gang trat, um zum zehnten Saal zu gelangen. Bald erreichte ich die Ecke, die ich angestrebt hatte, denn der Gang war vergleichsweise leer, doch obwohl auch hier die Tänzer nach kurzer Verwirrung meine Gegenwart völlig übergingen, war ich erschreckt, als ich selbst jetzt noch einen leeren Sockel erblickte. Dennoch fühlte ich, daß sie mir nahe war. Und als ich den Sockel genau betrachtete, glaubte ich, darauf, undeutlich wie durch die überhängenden Falten eines Gewandes, schwach die Umrisse von weißen Füßen zu erkennen. Und doch war kein Gewand oder verhüllender Schatten auch nur andeutungsweise zu sehen. Ich erinnerte mich an den sich herabsenkenden Schatten in meinem Traum. Und ich hoffte noch auf die Macht meiner Lieder, in der Annahme, was von Alabaster befreite, möchte ebenso entfernen, was meine Schöne jetzt verhüllte, selbst wenn es der Dämon war, dessen Dunkelheit mein ganzes Dasein überschattet hatte.

KAPITEL XIV

Alexander: Wann vollendest du Campaspe?
Apelles: Vollenden nie, denn höchste Schönheit
steht immer über der Kunst.

Lyly, Campaspe

Doch was für ein Lied sollte ich singen, um meine Isis zu entschleiern, falls sie wirklich unsichtbar gegenwärtig war? Ich eilte fort in den weißen Saal der Phantasie, ohne die Schönheiten an meinem Weg zu beachten. Meine Blicke mochten sie streifen, doch die Ungesehene erfüllte mein ganzes Denken. Lange schritt ich im stillen Saal auf und ab, keine Lieder kamen. Meine Seele war nicht ruhig genug für Lieder. Nur in der Stille und Dunkelheit der nächtlichen Seele sinken jene Sterne des inneren Firmaments aus den jenseitigen, singenden Sphären herab zu ihrer tieferen Oberfläche und scheinen über dem bewußten Geist. Hier war jede Anstrengung sinnlos. Wenn sie nicht von allein kamen, würde ich sie nicht finden.

In der folgenden Nacht geschah dasselbe. Ich wanderte durch den warmen Schein des stillen Saals, doch einsam, wie ich dort wanderte, schritt auch meine Seele in den Hallen meines Denkens dahin. Schließlich trat ich in einen der Säle mit den Statuen. Der Tanz hatte gerade begonnen, und ich ging ungehindert bis in den heiligen Winkel. Das Podest stand genau so, wie ich es verlassen hatte, mit dem leisen Schimmer wie von weißen Füßen auf dem toten Schwarz. Sobald ich es erblickte, fühlte ich die Gegenwart eines Wesens, das sich danach sehnte, sichtbar zu werden, und mir schien, als rufe es mich, ich möge es mit sichtbarer Gestalt umgeben. Die Macht des Gesangs erfüllte mich. Doch in dem Augenblick, als meine Stimme, wiewohl leise und weich, die Luft des Saals rührte, fuhren die Tänzer auf; die in sich verwobene Menge geriet in unruhige Bewegung, verlor ihre geordnete Form und teilte sich; jede Figur sprang auf ihr Podest. Stille durchdrang die Höhe des Raums. Mein Lied hatte innegehalten, erschreckt von seiner Wirkung. Doch in der Hand einer der Statuen in meiner Nähe sah ich eine Harfe, deren Saiten noch bebten. Ich erinnerte mich, daß die Harfe meinen Arm berührt hatte, als die Figur zu ihrem Sockel geeilt war. So war das Instrument nicht zu Marmor geworden. Ich sprang zu ihr und legte meine Hand mit einer bittenden Geste auf die Harfe. Die marmorne Hand hatte genug Kraft, ihren Griff zu lösen und mir das Instrument zu überlassen. Keine andere Bewegung deutete auf Leben hin.

Ohne zu denken griff ich in die Saiten und sang. Bei den ersten Tönen wurden die lieblichsten Füße auf dem schwarzen Podest sichtbar, und als ich weitersang war es, als werde ein Schleier von der Gestalt gezogen, jedoch ein unsichtbarer Schleier, so daß die Statue vor mir zu wachsen schien, wobei sie ganz langsam an Höhe zunahm. Während ich sang, hatte ich nicht das Gefühl, neben einer Statue zu stehen, sondern es schien mir, als enthülle sich die Seele einer Frau vor mir, indem sie Gestalt werdend sich offenbarte.

Je länger ich sang, je mehr verflüchtigte sich der Schleier, je länger ich sang, je mehr verstärkten sich die Lebenszeichen, bis die Augen über mir sich langsam öffneten wie ein herrlicher Sonnenaufgang. Nur weil mich der Gesang emporhob, konnte ich den Glanz dieser Morgendämmerung ertragen. Doch ich weiß nicht, ob sie mehr einer Statue oder mehr einer Frau glich; sie schien entrückt in den Bereich der Phantasie, wo alles höchst lebendig, doch nicht klar umrissen ist. Schließlich verblaßte das Glühen der Seele wie eine untergehende Sonne. Ein Licht war im Innern gelöscht worden, und das Haus des Lebens stand leer im Wintermorgen. Sie war wieder eine Statue – doch sichtbar, und das war schon ein Gewinn. Aber meine Enttäuschung war so groß, daß ich mich nicht mehr halten konnte. Ich sprang zu ihr, warf, jede Vorsicht mißachtend, die Arme um sie, als wolle ich sie dem augenscheinlichen Griff des Todes entreißen und hob sie von dem Sockel herunter an mein Herz. Doch kaum berührten ihre Füße den schwarzen Sockel nicht mehr, da schauderte und bebte sie am ganzen Körper. Bevor ich sie fester in meine Arme nehmen konnte, entwand sie sich mir und lief in den Gang. Mit dem vorwurfsvollen Ruf: »Ihr hättet mich nicht berühren dürfen!« glitt sie hinter eine der äußeren Säulen des Runds und verschwand. Ich folgte ihr auf dem Fuße, doch bevor ich die Säule erreichen konnte, drang das Geräusch einer zufallenden Tür – manchmal das traurigste aller Geräusche – an mein Ohr; und als ich an der Stelle ankam, wo sie verschwunden war, sah ich im Licht einer blaßgelben Lampe eine schwere rohe Tür, völlig anders als die anderen Türen, die ich im Palast gesehen hatte, denn diese waren alle von Ebenholz oder Elfenbein oder mit Silberplatten belegt, auch aus duftendem

Holz, und schön verziert; doch jene schien aus alter Eiche gehauen, mit schweren Nägeln und eisernen Beschlägen. Der Hast meiner Flucht ungeachtet, las ich, was in silbernen Lettern unter der Lampe stand: »Hier geht niemand hinein ohne die Erlaubnis der Königin.« Doch was bedeutete mir die Königin, wenn ich meiner weißen Dame folgte? Ich riß die Tür auf und stürzte hindurch. Weh! Ich befand mich auf einem kahlen, windigen Hügel. Große Steine standen wie Grabsteine um mich her. Keine Tür, kein Palast war zu sehen. Eine weiße Gestalt glitt an mir vorüber, rang die Hände und rief: »Ach, Ihr hättet für mich singen sollen, Ihr hättet für mich singen sollen!« und verschwand hinter einem der Steine. Ich folgte ihr. Ein kalter Windstoß kam hinter dem Stein hervor, und als ich nachsah, konnte ich nur ein tiefes Loch im Boden entdecken, aber keine Möglichkeit, hineinzukommen. War sie hineingefallen? Ich wußte es nicht. Ich mußte auf das Tageslicht warten. Ich setzte mich nieder und weinte, denn es gab keine Hilfe.

Ich befand mich auf einem kahlen, windigen Hügel.

KAPITEL XV

Anfangs wollt' ich fast verzagen,
Und ich glaubt' ich trüg' es nie,
Und ich hab' es doch ertragen, –
Aber fragt mich nur nicht: wie?

Heine

Der Tagesanbruch gab mir die Möglichkeit zu handeln, aber wenig Trost. Beim ersten Lichtstrahl blickte ich in den gähnenden Schlund, konnte jedoch mehr als eine Stunde lang nicht genug sehen, um seine Beschaffenheit zu erkennen. Schließlich stellte ich fest, daß seine Öffnung fast kreisförmig war wie ein eilig ausgehobener Brunnen, nur breiter. Ich konnte keinen Grund entdecken; und erst als die Sonne aufging, sah ich eine Art von natürlicher Treppe, die, an vielen Stellen nur angedeutet, an der Wand des Schachts entlang spiralförmig in seine Tiefe hinabführte. Ich wußte sofort, daß dies mein Weg war und begann, ohne einen Augenblick zu zögern, froh, das mich so herzlos anstarrende Sonnenlicht verlassen zu können, den mühsamen Abstieg. Er war sehr schwierig. An manchen Stellen mußte ich mich wie eine Fledermaus an die Felsen klammern. Einmal fiel ich von den Stufen hinunter auf die nächste Wendung der Treppe, die genau an dieser Stelle breit war und im rechten Winkel aus der Wand hervorstand. Ich landete sicher auf meinen Füßen, war jedoch fast betäubt vor Schreck. Nachdem ich lange hinabgestiegen war, erreichte ich das Ende der Treppe neben einer schmalen Öffnung, die waagerecht in den Felsen führte. Ich kroch hinein und hatte innen gerade genug Platz, um mich umzudrehen. Ich streckte meinen Kopf in den Schacht hinaus, durch den ich herabgekommen war, und blickte hinauf. Durch die Öffnung sah ich Sterne, obwohl die Sonne um diese Zeit hoch am Himmel stehen mußte. Als ich nach unten blickte, erkannte ich, daß die Wände des Schachtes senkrecht abfielen, glatt wie Glas; und fern in der Tiefe glitzerte die Spiegelung der Sterne, die ich oben am Himmel gesehen hatte. Ich drehte mich wieder um und kroch eine Zeitlang weiter, dann verbreiterte sich der Weg und ich konnte schließlich aufrecht gehen. Der Gang wurde immer weiter und höher, andere Gänge zweigten auf beiden Seiten ab, große, hohe Hallen tauchten auf, und schließlich wußte ich, daß ich durch eine Unterwelt wanderte, deren Himmel aus Fels bestand; und anstelle von Bäumen und Blumen gab es nur phantastische Steine und Felsblöcke. Je länger ich weiterging, desto düsterer wurden meine Gedanken, bis ich schließlich keine Hoffnung mehr hatte, meine weiße Dame zu finden;

ich nannte sie auch nicht mehr meine weiße Dame. Immer wenn eine Entscheidung nötig war, wählte ich den abwärts führenden Weg.

Schließlich fand ich heraus, daß diese Unterwelt bewohnt war. Hinter einem Felsen hervor drang das Geräusch von rauhem, krächzendem Gelächter an meine Ohren. Ich drehte mich um und sah eine seltsame Trollgestalt, mit großem Kopf und lächerlicher Fratze, genau wie jene Wesen, die in alten deutschen Erzählungen und Reiseberichten Kobolde genannt werden. »Was willst du von mir?« fragte ich. Er zeigte mit seinem langen, am Ansatz dicken und vorn zugespitzten Zeigefinger auf mich und antwortete: »He, he, he, was willst *du* denn hier?« Dann fuhr er mit verändertem Tonfall in ironischer Ergebenheit fort: »Verehrter Herr, möget bitte geruhen, den Glanz Eurer werten Gegenwart von Euren Sklaven zu entfernen, denn sie ertragen ihre Helligkeit nicht.« Ein zweiter erschien und fiel ihm ins Wort: »Du bist so dick, daß du die Sonne verdeckst. Deinetwegen können wir nichts sehen, und uns ist so kalt.« Daraufhin erhob sich auf allen Seiten grölendes Gelächter von Stimmen, deren Fülle Kinderstimmen ähnelte, aber rauh und krächzend war wie die von alten Männern, nur leider nicht so schwach. Die ganze Hölle der Feenteufel mit Gestalten und Gesichtern von phantastischer Häßlichkeit schien sich plötzlich um mich versammelt zu haben. Schließlich, nach einem langen Palaver unter sich in einer Sprache, die ich nicht verstand, und nach fast endlosen Gebärden, Beratungen, Ellenbogenstößen und schallendem Gelächter stellten sie sich im Kreis um einen aus ihrer Mitte, der auf einen Stein krabbelte; und zu meiner völligen Überraschung, ja, zu meinem Entsetzen, begann er mit einer Stimme, die seiner Sprechstimme entsprach, zu singen. Er sang vom Anfang bis zum Ende das Lied, mit welchem ich Licht in die Augen der weißen Dame gebracht hatte. Er wiederholte auch mein Aussehen, und sein Gesicht zeigte die ganze Zeit höhnisch Gefühl und Verehrung, während er das Lied mit lächerlichen Bewegungen begleitete als spiele er die Laute. Die ganze Versammlung blieb still, nur am Ende jeder Strophe grölten und tanzten sie, mit lautem Gelächter, warfen sich auch, mit echter oder gespielter Freude, auf den Boden vor Lachen. Als der

Sänger das Lied beendet hatte, warf er sich von dem Stein herab und landete auf seinem Kopf, auf dem er dann noch umherhüpfte und dazu die groteskesten Bewegungen mit den Beinen in der Luft machte. Unaussprechliches Gelächter folgte, das in einem Regen kleiner Steine, von zahllosen Händen geworfen, endete. Sie konnten mich nicht wirklich verletzen, obwohl ich kleine Schnitte an Händen und Gesicht davontrug. Ich versuchte, fortzulaufen, doch sie stürzten sich auf mich, packten mich und hielten mich fest. Sie umschwirrten mich wie ein Bienenschwarm und brummten mit aufgebrachten Insektenstimmen zu meinem Gesicht empor: »Du bekommst sie nicht, du bekommst sie nicht, he, he, he! Sie ist für einen besseren Mann, sie ist für einen besseren Mann; wie er sie küssen wird, wie er sie küssen wird!«

Dieser Sturm der Bosheit entzündete in mir einen Funken Edelmut, und ich sagte laut: »Nun, wenn er ein besserer Mann ist, soll er sie haben.«

Sie ließen mich augenblicklich los und fielen einen oder zwei Schritte zurück mit einer ganzen Breitseite von Grunzern und Brummern wie von unerwarteter und enttäuschter Billigung. Ich machte einen Schritt vorwärts, und sofort öffnete sich eine Gasse durch die grinsenden, kleinen Fratzen, die sich auf allen Seiten höflichst verneigten, als ich vorüberging. Nach einigen Metern blickte ich zurück und sah sie recht still dastehen wie eine Klasse von Schuljungen und hinter mir herschauen, bis sich schließlich einer umdrehte und mit lautem Kreischen mitten zwischen die anderen sprang. Im nächsten Moment war das Ganze ein sich windender und wälzender Haufen von Verrenkungen. Sobald sich einer aus der Menge hervorgearbeitet hatte, rannte er einige Schritte weit und sprang dann mit Anlauf und einem Purzelbaum in die Luft, um mit ganzem Gewicht auf dem Gipfel des zappelnden Chaos phantastischer Figuren zu landen. Ich verließ sie, während sie noch eifrig mit diesem rohen und scheinbar ziellosen Vergnügen beschäftigt waren.

Ein Lachen, noch mißtönender und spöttischer als alle anderen, die ich bisher gehört hatte, drang mir dröhnend in die Ohren. Als ich in die Richtung blickte, aus der das Geräusch kam, sah ich eine kleine alte Frau – jedoch viel größer als die Kobolde, die ich gerade verlassen hatte – die auf einem Stein am Wegrand saß. Sie stand auf, als ich näher kam und ging auf mich zu. Sie war nicht schön, aber auch nicht wirklich häßlich. Mit dummem Hohn sah sie zu mir auf und sagte:

»Ist es nicht schade, daß Ihr kein hübsches Mädchen habt, das mit Euch allein durch dieses schöne Land geht? Wie anders alles aussehen würde, nicht wahr? Zu dumm, daß man nie bekommt, was man am liebsten haben würde! Wie die Rosen blühen würden, selbst in diesem höllischen Loch! Nicht wahr, Anodos? Ihre Augen würden die alte Höhle hier erleuchten oder nicht?«

»Das hängt davon ab, wer das hübsche Mädchen wäre«, antwortete ich.

»Das würde kaum davon abhängen«, erwiderte sie, »seht her.«

Ich hatte mich umgedreht, um fortzugehen, während ich antwortete, doch jetzt blieb ich stehen und sah sie an. So wie eine rauhe, unansehnliche Knospe plötzlich zu einer lieblichen Blüte erblühen könnte, oder eher, wie ein Sonnenstrahl durch eine formlose Wolke bricht und die Erde verwandelt, so brach ein Antlitz von großer Schönheit scheinbar *durch* das unansehnliche Gesicht der Frau. Ein Sommerhimmel spannte sich über mir, grau vor Hitze; über eine strahlende, schlummernde Landschaft blinkten in der Ferne die Gipfel schneebedeckter Berge.

»Bleibt bei mir«, sagte sie und hob ihr schönes Gesicht um mich anzusehen.

Ich schreckte zurück. Wieder schnarrte das höllische Lachen in meinen Ohren; die Felsen schlossen sich um mich her, und die häßliche Frau sah mich mit bösen, spöttischen Augen an.

»Ihr werdet Eure Belohnung bekommen«, sagte sie. »Ihr werdet Eure weiße Dame wiedersehen.«

»Das steht nicht in Eurer Macht«, erwiderte ich, wandte mich ab und verließ sie.

Ich versuchte fortzulaufen, doch sie stürzten sich auf mich, packten mich und hielten mich fest.

KAPITEL XVI

*Ja, es wird zwar ein anderes Zeitalter kommen, wo es Licht
wird, und wo der Mensch aus erhabenen Träumen erwacht,
und die Träume – wieder findet, weil er nichts verlor als
den Schlaf.*

Jean Paul, Hesperus

Wie ich diesen Teil meiner Reise durchstand,
weiß ich nicht. Ich glaube nicht, daß mich
die Hoffnung aufrechterhielt, das Licht könne jeden Augenblick zu mir dringen, denn daran dachte
ich kaum. Ich wanderte mit dumpfer Ausdauer weiter,
von Augenblicken uferloser Traurigkeit unterbrochen,
denn in mir wuchs immer mehr die Überzeugung, daß
ich die weiße Dame nie wiedersehen würde. Meine
Gedanken waren so sehr mit ihr beschäftigt, daß die
Zeit unmerklich verging. Wie lange ich so unterwegs
war, wußte ich nicht, denn ich hatte keine Mittel, die
Zeit zu messen.

Ein grauer Dunst zog sich beständig hinter mir
zusammen. Wenn ich zurück in die Vergangenheit
blickte, war jener Dunst das Medium, durch welches
meine Augen dringen mußten, um zu sehen, was vergangen war; und die Gestalt der weißen Dame war
zurückgetreten in eine unbekannte Gegend. – Endlich
schloß sich das Land der Felsen wieder langsam um
mich her, wurde enger und enger, bis ich abermals
durch eine Felsengalerie wanderte, deren beide Seiten
ich mit ausgestreckten Händen berühren konnte. Sie
verengte sich weiter, bis ich mich vorsichtig bewegen
mußte, um mich nicht an hervorstehenden Stein-
brocken zu verletzen. Die Decke sank immer tiefer
herab; zunächst konnte ich mich noch gebückt, dann
nur noch auf Händen und Knien weiterbewegen. Ich
erinnerte mich an furchtbare Träume aus meiner Kindheit; doch ich fürchtete mich kaum, denn ich war
sicher: dies war mein Weg und meine einzige
Hoffnung, Feenland wieder zu verlassen, dessen ich
jetzt fast überdrüssig war.

Endlich, nachdem ich mich durch eine scharfe
Krümmung des Ganges gezwängt hatte, sah ich einige
Meter vor mir das längst vergessene Tageslicht durch
eine kleine Öffnung scheinen, zu welcher der Pfad,
sofern man ihn noch so nennen konnte, mich führte.
Mit großer Schwierigkeit brachte ich diese letzten
Meter hinter mich und trat hinaus ins Tageslicht. Ich
stand an der Küste eines winterlichen Meeres, und eine
winterliche Sonne hing nur noch wenig über dem Horizont. Er war leer und wüst und grau. Hunderte von
hoffnungslosen Wellen eilten beständig der Küste zu
und spülten matt an einen Strand von großen, schlüpf-

rigen Steinen, der sich endlos nach beiden Richtungen
hin ausdehnte. Dem Auge bot sich nichts als verwirrte,
graue Schatten; dem Ohr nichts als das Rauschen der
kommenden, das Tosen der brechenden und das Kla-
gen der zurückfließenden Wellen. Kein Fels erhob
seine schützende Unerbittlichkeit über die umgebende
Öde, selbst jener, aus dem ich hervorgekommen war,
ragte kaum einen halben Meter über die Öffnung hinaus, durch welche ich in diesen trüben Tag getreten
war, trüber noch als das Grab, das ich verlassen hatte.
Ein kalter, Tod atmender Wind fegte an der Küste
entlang, als komme er aus dem bleichen Mund einer
Wolke über dem Horizont. Ich konnte keine Anzeichen
von Leben in meiner Nähe bemerken. Ich wanderte
über die Steine am Strand auf und ab, eine menschliche
Verkörperung der mich umgebenden Natur. Der Wind
verstärkte sich, seine schneidenden Wellen flossen
durch meine Seele; der Gischt spritzte höher die
Steine hinauf; einige tote Sterne begannen im Osten
zu glimmen, das Rauschen der Wellen wurde lauter
und steigerte meine Verzweiflung. Ein dunkler Vorhang von Wolken hob sich, und ein bleicher, blauer
Spalt schien zwischen seinem Saum und dem Meer
hindurch, aus dem ein eisiger Sturm gefrorenen
Windes hervorbrauste, die Wasser an seinem Weg
zerreißend und die Wogen in wilden Massen auf den
verlassenen Strand schleudernd. Ich konnte es nicht
länger ertragen.

»Ich werde mich nicht zu Tode martern lassen«,
schrie ich, »ich werde ihm entgegen gehen. Noch ist
Leben genug in mir, mich bis zum Antlitz des Todes zu
tragen, dann werde ich unbesiegt sterben!«

Bevor es dunkel geworden war, hatte ich, jedoch
ohne besonderes Interesse, bemerkt, daß an einem Teil
des Strandes eine flache Felsenplattform weit bis in die
brechenden Wogen hinauszuführen schien. Dieser
wandte ich mich nun zu, über glatte Steine stolpernd,
an denen selbst die Algen sich kaum halten konnten.
Als ich die Plattform gefunden hatte, ging ich darauf
entlang, so weit ich eben vermuten konnte ihrer Richtung folgend, hinaus in das zusammenstürzende
Chaos. Ich konnte kaum gegen Wind und Wasser angehen. Mehrmals spülten mich die Wellen fast vom
Fels herunter; doch ich blieb auf meinem Weg, bis ich

das Ende des flachen Vorsprungs erreichte, welcher sich, wenn die Wellen zurückflossen, einige Meter über die Wasseroberfläche erhob und mit Wasser bedeckt war, wenn die Wellen herankamen. Ich stand einen Augenblick lang dort und starrte in den wogenden Abgrund unter mir. Dann sprang ich kopfüber in eine soeben steigende Welle hinab.

Eine Glückseligkeit wie vom Kuß einer Mutter durchdrang meine Seele; eine Ruhe, tiefer als jene, welche aufgeschobene Hoffnung begleitet, badete meinen Geist. Ich sank tief in die Wasser hinab und versuchte nicht, wieder hinaufzugelangen. Ich fühlte mich, als läge ich abermals in den weichen Armen der Birke, die mich tröstete nach all dem Leid, das ich erlebt hatte, und mir wie einem kranken Kind versprach, morgen werde alles besser sein. Das Wasser selbst hob mich wie auf liebenden Armen zur Oberfläche. Ich atmete wieder, öffnete meine Augen jedoch nicht. Ich wollte das winterliche Meer und den gnadenlosen, grauen Himmel nicht sehen. So trieb ich dahin, bis mich etwas zart berührte. Es war ein kleines Boot, das neben mir im Wasser lag. Es hob und senkte sich mit der Dünung und berührte mich beim Sinken immer wieder, als wolle es mich wissen lassen, daß mir geholfen werde. Das Boot war offensichtlich mit Schuppen bedeckt wie ein Fisch, in allen Regenbogenfarben glitzernd. Ich kletterte hinein und legte mich mit dem Gefühl herrlicher Ruhe auf seinen Boden. Dann zog ich ein schweres, purpurnes Tuch über mich, das ich neben mir fand und hörte, als ich still dalag, daß meine kleine Barke eilig dahinschwamm. Als ich nach oben schaute, sah ich den tiefvioletten Himmel einer warmen, süd-lichen Nacht über mir, und als ich den Kopf hob, entdeckte ich, daß ich schnell über ein sommerliches Meer dahinglitt, im letzten Schimmer einer südlichen Dämmerung. Der Lichtkranz der Sonne schickte noch die äußersten Spitzen seiner längsten Strahlen über den Horizont hinweg und wurde auch nicht dunkler. Und als ich nach unten sah, traf mein Blick auf ein neues Wunder, denn, verschwommen unter den Wellen sichtbar, glitt ich über meine ganze Vergangenheit dahin. Die Felder meiner Kindheit zogen vorüber; die Zimmer meiner jugendlichen Tätigkeiten; die Straßen großer Städte, in denen ich gewohnt hatte; und die Gesellschaften von Männern und Frauen, in denen ich mich, nach Ruhe suchend, gelangweilt hatte. Doch die Gesichter waren so undeutlich, daß ich manchmal glaubte, über seltsame Felsen und Wälder von Wasserpflanzen im flachen Wasser zu fahren, die mein Auge täuschten, doch so vollendet, daß sie von meiner magischen Phantasie in wohlbekannte Dinge und Landschaften verwandelt wurden. Bald schlief ich ein, überwältigt von Erschöpfung und Glück. In Träumen unnennbarer Freude – von wiederhergestellten Freundschaften, von wiedererlebten Umarmungen, von Liebe, die nie versiegt war, von Gesichtern, die längst vergangen waren und doch lächelnd sagten, sie würden das Grab nicht kennen, von erbetener Verzeihung, die mit solchen Strömen der Liebe gewährt wurde, daß ich fast froh war, gesündigt zu haben – so durchsegelte ich jenes wundersame Zwielicht. Ich erwachte mit dem Gefühl, daß ich geküßt und geliebt worden war und stellte fest, daß mein Boot bewegungslos am grasbewachsenen Ufer einer kleinen Insel lag.

Ich konnte kaum gegen Wind und Wasser angehen.

KAPITEL XVII

In stiller Ruhe, in wechselloser Einfalt führ ich
ununterbrochen das Bewußtsein der ganzen
Menschheit in mir.

Schleiermacher, Monologe

Das Wasser war bis direkt ans Ufer sehr tief, und ich sprang aus dem kleinen Boot auf weichen, grasbewachsenen Torf. Die Insel war reichlich mit allen Arten von Gräsern und kleinen Blumen bewachsen. Es gab eine große Fülle von niederen Gewächsen, doch keine Bäume erhoben sich zum Himmel, nicht einmal ein Busch überragte die höheren Gräser, außer an einer Stelle in der Nähe der Hütte, die ich gleich beschreiben werde, wo einige Sträucher der Zistrose, die jede Nacht alle Blüten verliert, eine Art natürlicher Laube bildeten. Die ganze Insel war dem Meer und dem Himmel ausgesetzt. An keiner Stelle ragte sie mehr als wenige Meter über das Wasser, das sie umspülte. Es schien hier weder Gezeiten noch Stürme zu geben. Tiefe Ruhe erfüllte mich, als ich sah, wie sich das klare, unbewegte Wasser langsam und pulsierend hob und senkte vor dem Ufer der Insel, denn Küste konnte man es kaum nennen, so sehr glich es dem Gestade eines vollen, ernsten Flusses. Als ich über das Gras auf die Hütte zuging, die in einiger Entfernung vom Ufer stand, blickten mich alle Blumen meiner Kindheit aus dem Gras an. Mein Herz, sanfter geworden in den Träumen, die es gesehen, strömte über von einer traurigen, zarten Liebe zu ihnen. Die Sonne stand schon tief im westlichen Himmel und leuchtete in weichem Gold; und eine zweite Welt von Schatten wuchs inmitten der Welt von Gräsern und wilden Blumen.

Die Hütte war quadratisch mit niedrigen Wänden und einem hohen, pyramidenförmigen Dach, das mit langem Schilf gedeckt war, dessen vertrocknete Blütenstände ringsherum über die Dachrinne herabhingen. Keine Spur führte zu einer Tür, noch gab es überhaupt einen von Schritten ausgetretenen Pfad auf der Insel. Die Hütte erhob sich direkt aus dem weichen Torf. Ich konnte keine Fenster sehen, doch mitten in der mir zugewandten Seite befand sich eine Tür, auf die ich zuging. Ich klopfte, und die süßeste Stimme, die ich je gehört hatte, sagte: »Herein«. Ich trat ein. Ein helles Feuer brannte auf einer Feuerstelle in der Mitte des Lehmfußbodens, und der Rauch zog durch eine Öffnung inmitten des pyramidenförmigen Daches ab. Über dem Feuer hing ein kleiner Topf, und über den Topf beugte sich eine Frau mit dem wunderbarsten Gesicht, das ich je gesehen hatte. Es war älter als jedes Gesicht, das mir begegnet war. Es gab keinen Fleck, an dem eine Runzel hätte liegen können, wo nicht auch eine lag. Und die Haut war alt und braun, wie altes Pergament. Die Gestalt der Frau war hoch und schlank, und als sie sich aufrichtete, um mich zu begrüßen, sah ich, daß sie gerade war wie ein Pfeil. Konnte jene süße Stimme von diesen alten Lippen gekommen sein? Ihre Augen jedoch waren völlig jung, groß und von einem klaren Grau. Die von Falten umgebenen Augenlider waren alt, schwer und verbraucht, doch die Augen waren das menschgewordene, weiche Licht. Sie streckte mir ihre Hand entgegen, und die süße Stimme begrüßte mich nochmals mit dem einzigen Wort: »Willkommen«. Sie stellte einen alten, hölzernen Stuhl für mich in die Nähe des Feuers und widmete sich wieder dem Kochen. Ein wunderbares Gefühl von Geborgenheit und Ruhe senkte sich auf mich herab. Ich fühlte mich wie ein Knabe, der aus der Schule nach Hause gekommen ist, über weite Hügel, durch ein schweres Unwetter von Wind und Schnee. Als sie mit Kochen fertig war, brachte sie mir etwas von der Speise, die sie zubereitet hatte und stellte sie auf einen kleinen Tisch neben mich, der mit einem schneeweißen Tuch bedeckt war. Ich konnte nicht anders als meinen Kopf in ihren Schoß zu legen und in Tränen des Glücks auszubrechen. Sie nahm mich in ihre Arme und sagte: »Armes Kind, armes Kind!«

Als mein Weinen fortdauerte, machte sie sich zärtlich los, nahm einen Löffel, führte etwas von der Speise zu meinen Lippen und drängte mich zartfühlend, davon zu essen. Aus Gefälligkeit versuchte ich es, und sie fütterte mich wie einen Säugling, einen Arm um mich gelegt, bis ich zu ihrem Gesicht emporsah und lächelte; da gab sie mir den Löffel und hieß mich essen, denn die Speise werde mir gut tun. Ich gehorchte und wurde herrlich gestärkt. Dann zog sie ein Ruhebett, das in der Hütte stand, zum Feuer, auf das ich mich niederlegen mußte, setzte sich zu meinen Füßen und begann zu singen. Wunderbare Kunde von alten Balladen floß von ihren Lippen. Ihre Lieder waren fast alle traurig, doch sie hatten einen tröstenden Klang. Während sie sang, war ich im Paradies und fühlte, daß eine reiche Seele die meine hielt, umarmte und bedeckte, voller

Wohlwollen und Güte. Mir war, als könne sie mir alles geben, was ich brauchte, als könne ich nie wünschen, sie zu verlassen, sondern wäre zufrieden, von ihr gefüttert zu werden und mir vorsingen zu lassen, Tag um Tag, wie die Jahre vergehen. Schließlich schlief ich bei ihrem Gesang ein.

Als ich erwachte, wußte ich nicht, ob es Tag oder Nacht war. Das Feuer war zu roter Glut heruntergebrannt, die gerade noch genug Licht verbreitete, um die Frau sehen zu können, die in meiner Nähe stand, den Rücken mir zugewandt, und die Tür anblickte, durch welche ich hereingekommen war. Sie weinte sehr leise und innig. Die Tränen schienen frei aus ihrem Herzen zu fließen. So stand sie einige Minuten lang, dann drehte sie sich um neunzig Grad und wandte sich einer weiteren der vier Seiten der Hütte zu. Ich bemerkte jetzt zum ersten Mal, daß dort auch eine Tür war, ebenso wie auf den beiden anderen Seiten der Hütte. Als die Frau auf die zweite Tür blickte, hörten ihre Tränen auf zu fließen, doch an ihre Stelle traten Seufzer. Oft schloß sie ihre Augen, während sie so stand, und jedesmal wurde ein sachter Seufzer in ihrem Herzen geboren und entrang sich ihren Lippen. Doch wenn ihre Augen geöffnet waren, klangen die Seufzer tief und sehr traurig, so daß sie am ganzen Körper bebte. Dann wandte sie sich der dritten Tür zu, und ein Schrei wie von Angst oder unterdrücktem Schmerz brach aus ihr hervor. Doch sie schien sich gegen den Kummer zu wappnen und ihm gerade gegenüberzutreten, denn obwohl ich oft einen leisen Aufschrei und manchmal ein Stöhnen hörte, bewegte oder beugte sie den Kopf nie, und ich war sicher, daß sie die Augen nie schloß. Dann wandte sie sich der vierten Tür zu, und ich sah sie erschauern und dann still wie eine Statue stehen. Schließlich wandte sie sich mir zu und trat ans Feuer. Ihr Gesicht war weiß wie der Tod. Doch sie richtete ihren Blick nach oben und lächelte ein süßes Lächeln voller Kinderunschuld. Dann legte sie frisches Holz auf das Feuer, zog ihr Spinnrad heran, setzte sich in den Feuerschein und begann zu spinnen. Während sie spann, murmelte sie leise ein eigenartiges Lied, welches das Summen des Spinnrades mit einem stetigen Gleichklang begleitete. Schließlich unterbrach sie Gesang und Spinnen und sah zu mir herüber, wie eine Mutter, die schaut, ob ihr Kind nicht vielleicht erwacht. Sie lächelte, als sie sah, daß meine Augen geöffnet waren. Ich fragte sie, ob es noch Tag sei. Sie antwortete: »Es ist immer Tag hier, so lange ich mein Feuer brennen lasse.«

Ich fühlte mich vom Schlaf erquickt und verspürte den großen Wunsch, mehr von der Insel zu sehen. Ich stand auf, und während ich sagte, ich wolle mich umsehen, ging ich auf die Tür zu, durch welche ich hereingekommen war. »Warte einen Augenblick«, sagte meine Gastgeberin mit einiger Bestürzung in der Stimme. »Höre mir zu. Du wirst nicht das sehen, was du erwartest, wenn du aus jener Tür trittst. Denke nur an eines: wenn du je zu mir zurückkommen willst, öffne die Tür mit diesem Zeichen.« Sie erhob ihre linke Hand zwischen mir und dem Feuer. Auf der Handfläche, die fast durchsichtig wirkte, sah ich in einem dunklen Rot ein sonderbares Zeichen, das ich mir sorgfältig einprägte.

Dann küßte sie mich und verabschiedete sich mit einer Ernsthaftigkeit von mir, die mich in Ehrfurcht versetzte und auch verwirrte, da ich ja nur vorhatte, eine kleine Wanderung über die Insel zu machen. Als ich ging, nahm sie ihre Spinnarbeit wieder auf.

Ich öffnete die Tür und trat hinaus. In dem Augenblick, als mein Fuß den Boden berührte, schien ich aus der Tür einer alten Scheune auf meines Vaters Land zu kommen, zu der ich an heißen Nachmittagen gewöhnlich ging und mich ins Stroh legte, um zu lesen. Jetzt war mir, als hätte ich hier geschlafen. In einiger Entfernung auf einer Wiese sah ich zwei meiner Brüder. Als sie mich erblickten, riefen sie mir zu, ich solle kommen und mit ihnen spielen. Ich ging zu ihnen, und wir spielten miteinander, wie wir es vor vielen Jahren getan hatten, bis die Sonne rot im Westen unterging und grauer Nebel aus dem Fluß aufstieg. Dann machten wir uns in seltsamer Fröhlichkeit gemeinsam auf den Heimweg. Unterwegs hörten wir den wiederholten Warnruf eines Wiesenläufers aus dem Gras. Die Stimme unseres Vaters rief, wir sollten das lange Gras nicht niedertreten, da es bald gemäht und für den Winter gelagert werden sollte. Ich hatte jede Erinnerung an Feenland und die wunderbare, alte Frau und das eigentümliche rote Zeichen verloren.

Mein liebster Bruder und ich teilten uns ein Bett. Irgendein kindischer Streit brach zwischen uns aus, und unsere letzten Worte, bevor wir einschliefen, waren nicht freundlich. Als ich am Morgen erwachte, vermißte ich ihn. Er war früh aufgestanden und zum Schwimmen an den Fluß gegangen. Eine Stunde später brachten sie den Ertrunkenen nach Hause. Ach, wenn wir uns nur wie immer zum Schlafen gelegt hätten, einer den Arm um den anderen geschlungen! Im Schreck des Augenblicks blitzte eine seltsame Überzeugung in mir auf, als hätte ich das alles schon einmal erlebt.

Ich eilte aus dem Haus, schluchzend und bitter weinend. Ich rannte in ziellosem Kummer durch die Felder, bis ich, an einer alten Scheune vorbeilaufend, ein rotes Zeichen auf der Tür erblickte. Ich trat heran, um dieses Zeichen zu betrachten, von dem ich nicht glaubte, es schon einmal gesehen zu haben. Als ich es anschaute, kam mir der Gedanke, hineinzugehen und mich ins Stroh zu legen, denn ich war sehr müde vom Herumlaufen und Weinen. Ich öffnete die Tür, und da saß die alte Frau, wie ich sie verlassen hatte, an ihrem Spinnrad.

»So bald hatte ich dich noch nicht zurückerwartet«, sagte sie, als ich die Tür hinter mir schloß. Ich ging zu dem Ruhebett und warf mich darauf mit jener Erschöpfung, die man fühlt, wenn man aus einem Fiebertraum voll hoffnungslosen Jammers erwacht.

Die Frau murmelte wieder ein Lied vor sich hin und mein Mut kehrte zurück. Ich sprang von dem Ruhebett, und ohne mich von der alten Frau zu verabschieden öffnete ich die Tür der Seufzer und stürzte mich in das, was dort erscheinen würde.

Ich stand in einem herrschaftlichen Saal, wo, an einem hellen Feuer im Kamin, eine Dame saß, die – das wußte ich – auf jemand langersehnten wartete. Ein Spiegel stand neben mir, und ich sah, daß meine Gestalt aus seinen Tiefen nicht widergespiegelt wurde, so fürchtete ich nicht, daß man mich sehen könnte. Die Dame ähnelte auf wunderbare Art meiner Marmordame, doch sie war ein gänzlich menschliches Wesen, und ich wußte nicht genau, ob sie es war oder nicht. Auf mich wartete sie nicht. Das Stampfen eines Pferdes klang durch den vor dem Fenster liegenden Hof. Es

verstummte, das Rasseln der Rüstung verriet, daß der Reiter absaß, und das Klingen seiner Absätze näherte sich dem Saal. Die Tür öffnete sich, doch die Dame wartete, denn sie wollte ihren Herrn begrüßen, wenn sie allein waren. Er trat ein, sie flog wie eine heimkehrende Taube in seine Arme und schmiegte sich an den harten Stahl. Es war der Ritter mit der rostigen Rüstung. Doch nun glänzte die Rüstung wie geschliffenes Glas, und seltsamerweise reflektierte der strahlende Stahl einen schwachen Schatten von mir.

»Oh, mein Geliebter, du bist gekommen, und ich bin glücklich«. Ihre weichen Finger hatten bald die harte Schnalle seines Helms gelöst, und einen nach dem anderen öffnete sie die Haken seiner Rüstung, und sie schwankte unter dem Gewicht des Panzers, als sie ihn selbst zur Seite legte. Dann schnallte sie seine Beinschienen ab und löste seine Sporen; und wieder warf sie sich in seine Arme und legte ihren Kopf dorthin, wo sie jetzt sein Herz schlagen hören konnte. Dann befreite sie sich aus seiner Umarmung, trat einen oder zwei Schritte zurück und blickte ihn an. Dort stand er, eine mächtige Gestalt, gekrönt von einem edlen Haupt, von dem alle Traurigkeit abgefallen oder durch tapfere Taten fortgenommen worden war. Und doch nehme ich an, er sah nachdenklicher aus, als die Dame ihn zu sehen erwartet hatte, denn sie wiederholte ihre Zärtlichkeiten nicht, obwohl sein Antlitz von Liebe glühte, die auch aus seinen wenigen Worten klang. Sie führte ihn zum Kamin, hieß ihn sich in einen alten Sessel setzen, stellte Wein vor ihn und setzte sich zu seinen Füßen.

»Ich bin traurig«, sagte er »wenn ich an den Jüngling denke, den ich zweimal in den Wäldern des Feenlandes traf und der, wie du sagst, dich zweimal mit seinen Liedern aus dem Todesschlaf einer bösen Verwünschung erweckte. Er hatte etwas Edles an sich, doch es war ein Edelmut der Gedanken, nicht der Taten. Er wird vielleicht noch vor schrecklicher Furcht sterben.«

»Ach«, gab die Dame zurück, »du hast ihn einst gerettet, und dafür danke ich dir, denn kann ich nicht sagen, daß ich ihn irgendwie liebe? Doch sprich, was geschah, als du die Streitaxt in die Esche schlugst und der Geist kam und dich fand, denn soweit hattest du es mir erzählt, als das Bettelkind kam und dich mit sich fortnahm.«

»Sobald ich ihn sah«, sagte der Ritter, »wußte ich, daß irdische Waffen ihm nichts anhaben konnten, und daß meine Seele ihm in ihrer nackten Kraft entgegentreten mußte. Also löste ich meinen Helm und warf ihn zu Boden, und während ich meine gute Axt noch in der Hand hielt, sah ich dem Geist mit stetigem Blick entgegen. Er kam heran, eine wirkliche Schreckgestalt, doch ich rührte mich nicht. Ausdauer mußte erobern, was Kraft nicht erreichen konnte. Er kam näher und näher, bis das gräßliche Gesicht dem meinen ganz nahe war. Ein Schauder wie der Tod durchlief mich, doch ich glaube, ich bewegte mich nicht, denn er schien zu schwanken und wich zurück. Sobald er nachgab, hieb ich noch einen wuchtigen Schlag in den Stamm des Baumes, daß der Wald erzitterte und sah ihn dann wieder an. Er wand sich und verzerrte sein Gesicht vor Wut und Schmerz, und wieder kam er auf mich zu, wich jedoch früher zurück als zuvor. Ich beachtete ihn nicht mehr, sondern hackte mit aller Kraft auf den Baum ein, bis der Stamm knirschte, die Krone sich neigte und mit lautem Krachen zu Boden fiel. Dann blickte ich von meiner Anstrengung auf, und siehe da, der Geist war verschwunden und ich sah ihn nicht mehr, noch hörte ich je auf meinen späteren Wanderungen wieder etwas von ihm.«

»Du hast dich tapfer geschlagen, mein Held!«, sagte die Dame.

»Doch«, meinte der Ritter beunruhigt, »liebst du den Jüngling noch?«

»Ach«, antwortete sie, »Ich kann ja nicht anders. Er erweckte mich aus einem Zustand, der schlimmer war als der Tod; er liebte mich. Ich hätte dich nie gefunden, wenn nicht er sich vorher um mich bemüht hätte. Doch ich liebe ihn nicht so wie ich dich liebe. Er war nur der Mond meiner Nacht, doch du bist die Sonne meines Tages, oh Geliebter.«

»Du hast recht«, gab der Edle zurück, »es wäre wirklich hart, nicht ein wenig Liebe für ihn zu empfinden als Dank für das Geschenk, welches er dir gab. Auch ich schulde ihm mehr als ich sagen kann.«

Ich fühlte mich demütig vor ihnen, und mit schmerzendem, verzweifeltem Herzen konnte ich meine Worte nicht zurückhalten: »Oh, laßt mich doch weiterhin der Mond Eurer Nacht sein! Und wenn Euer Tag düster wird, wie es auch an herrlichen Tagen geschehen kann, so laßt Euch trösten von mir.«

Sie saßen still, und ich glaubte fast, sie hörten mir zu. Die Augen der Dame wurden dunkler und dunkler, langsam stiegen Tränen darin auf, füllten sie und flossen schließlich über. Die beiden erhoben sich und gingen Hand in Hand dicht an mir vorüber, im Vorbeigehen sahen sie mich an. Dann verschwanden sie durch eine Tür, welche sich hinter ihnen schloß; doch bevor sie geschlossen war, sah ich, daß der Raum dahinter ein schönes Zimmer war, geschmückt mit herrlichen Tapeten. Ich stand da mit einem Meer von gefrorenen Seufzern in der Brust. Ich konnte nicht länger bleiben. Sie war mir nahe, und ich konnte nicht bei ihr sein, sie war mir nahe und doch in den Armen desjenigen, den sie mehr liebte als mich. Doch wie sollte ich der Nähe meiner Geliebten entkommen? Dieses Mal hatte ich das Zeichen nicht vergessen. Ich sah mich überall danach um, konnte es jedoch nirgendwo entdecken, denn ich sah nicht dorthin, wo es war. Dort, auf eben der Tür zu ihrem verborgenen Zimmer glühte die dunkelrote Marke. Voller Pein riß ich sie auf und fiel vor die Füße der alten Frau, die immer noch spann, und der ganze Ozean meiner geschmolzenen Seufzer brach in einem Strom von tränenlosem Schluchzen aus mir hervor. Ob ich das Bewußtsein verlor oder einschlief, weiß ich nicht, doch als ich wieder zu mir kam, hörte ich, bevor ich die Kraft hatte, mich zu bewegen, die alte Frau singen.

Ich erhob mich vom Boden und fühlte, daß ich die weiße Dame liebte, wie ich sie niemals vorher geliebt hatte.

Dann ging ich zur Tür der Furcht, öffnete sie und trat hinaus. Ach! ich kam auf eine belebte Straße, wo zahlreiche Menschen in beiden Richtungen dahineilten. Ich kannte diese Straße gut; so wandte ich mich nach einer Seite und wanderte traurig auf dem Pflaster dahin. Plötzlich sah ich, in geringer Entfernung, eine wohlbekannte Gestalt auf mich zukommen (wohlbekannt! was für ein schwaches Wort!), mir vertraut in den Jahren, als ich meine Kindheit vergangen glaubte und kurz bevor ich ins Feenland kam. Unrecht und Leid

*Sie stellte einen alten, hölzernen Stuhl für mich
in die Nähe des Feuers und widmete sich wieder
dem Kochen.*

waren zusammengetroffen Hand in Hand, so gut sie es konnten. Unverändert lieb war mir das Gesicht. Doch ich wollte ihr jetzt nicht begegnen.

Ich wandte mich zur Seite und eilte die Stufen zu einer Tür hinauf, an der ich das magische Zeichen zu sehen glaubte. Ich trat ein, doch nicht in die geheimnisvolle Hütte, sondern in ihre Wohnung. Eilig hastete ich weiter und stand schon an der Tür zu ihrem Zimmer.

»Sie ist nicht hier«, sagte ich mir, »ich möchte das alte Zimmer noch einmal sehen.«

Ich öffnete sacht die Tür und stand in einer großen, feierlichen Kirche. Eine tieftönende Glocke schlug Mitternacht, ihre Schläge hallten, schwollen und zogen durch das leere Gebäude. Der Mond schien durch die Fenster im Hauptschiff, und genug von dem geisterhaften Leuchten verbreitete sich in der Kirche, daß ich alles erkennen konnte, als ich mit stetigem und doch irgendwie schleppendem, stolperndem Schritt zum gegenüberliegenden Seitenschiff hinabging. Dort stand eine Gestalt, in ein weißes Gewand gekleidet - ob es für die Nacht oder für jene noch längere Nacht, die allzu tief unter dem Tage liegt, gedacht war, wußte ich nicht. War sie es? Und war dies ihr Zimmer? Ich durchquerte die Kirche und folgte ihr. Die Gestalt blieb stehen, schien hinaufzusteigen wie in ein hohes Bett und legte sich nieder. Ich erreichte die Stelle, an der sie lag, weiß und schimmernd. Das Bett war ein Grab. Das Licht schien zu geisterhaft, um sie klar erkennen zu können, und so tastete ich mit der Hand nach Gesicht, Händen und Füßen, die bloßlagen. Sie waren kalt und marmorn, doch ich kannte sie. Es wurde dunkel. Ich wandte mich um und wollte zurückgehen, stellte jedoch bald fest, daß ich anscheinend in eine kleine Kapelle geraten war. Ich tastete umher und suchte nach der Tür. Alles was ich berührte, gehörte den Toten. Meine Hände fanden das kalte Bildnis eines Ritters, der mit gekreuzten Beinen hingestreckt war, sein zerbrochenes Schwert neben sich. Ich suchte einen bestimmten Finger an seiner linken Hand; dort fand ich den Ring, den ich kannte: der Ritter war einer meiner Ahnen. Ich befand mich in der Kapelle über der Gruft meiner Familie. Ich rief laut: »Wenn jemand von den Toten sich hier bewegt, er habe Mitleid mit mir, denn ach! ich

lebe noch; und möge eine tote Frau mich trösten, denn ich bin ein Fremder im Land der Toten und sehe kein Licht.« Ein warmer Kuß berührte im Dunklen meine Lippen, und ich sagte: »Der Kuß der Toten tut gut, ich werde keine Angst haben.« Und eine große Hand griff aus dem Dunkeln nach meiner Hand und hielt sie einen Augenblick lang stark und zärtlich. Ich sagte mir: »Der Schleier zwischen uns ist sehr dunkel, doch auch sehr dünn.«

Als ich mir weiter meinen Weg ertastete, stolperte ich über den großen Stein, der die Gruft bedeckte, und als ich stolperte, erspähte ich auf dem Stein das Zeichen, das in rotem Feuer glühte. Ich griff nach dem großen Ring. Mit aller Kraft hätte ich die riesige Platte nicht heben können, doch ich öffnete die Tür der Hütte und warf mich wieder, bleich und sprachlos, auf das Ruhebett neben der Frau am Spinnrad.

Ich schlief ein, mein Schlaf war traumlos, und ich weiß nicht, wie lange er andauerte. Als ich erwachte, sah ich, daß die alte Frau ihren früheren Platz verlassen hatte und jetzt zwischen mir und der vierten Tür saß. Ich vermutete, daß sie mich daran hindern wollte, sie zu betreten. Ich sprang von dem Ruhebett und hastete an ihr vorbei zur Tür. Alles, woran ich mich erinnere, ist ein schmerzlicher Ruf der Frau: »Geh nicht dorthin, mein Kind, geh nicht dorthin!« Doch ich war fort.

Mehr weiß ich nicht, und wenn ich etwas gewußt hatte, vergaß ich alles, als ich wieder zu Bewußtsein kam, auf dem Boden der Hütte liegend, meinen Kopf im Schoß der alten Frau, die über mir weinte, mit beiden Händen mein Haar streichelte und zu mir sprach wie eine Mutter zu ihrem kranken und schlafenden oder toten Kind. Sobald ich erwachte und sie ansah, lächelte sie durch ihre Tränen, lächelte mit runzligem Gesicht und jungen Augen, bis ihr Aussehen erstrahlte vom Licht ihres Lächelns. Dann badete sie meinen Kopf, meine Hände und mein Gesicht in einer eiskalten, farblosen Flüssigkeit, die ein wenig nach feuchter Erde roch. Sofort konnte ich mich aufrichten. Sie erhob sich und gab mir zu essen. Als meine Mahlzeit beendet war, sagte sie:

»Hör zu, mein Kind, du mußt mich sofort verlassen!«

»Euch verlassen!« sagte ich. »Ich bin so glücklich bei Euch. In meinem ganzen Leben war ich nicht so glücklich!«

»Aber du mußt gehen«, erwiderte sie traurig. »Horch! Was hörst du?«

»Ich höre ein Geräusch wie rauschendes Wasser.«

»Ja, hörst du es? Nun, ich mußte durch jene Tür dort gehen –die Tür der Zeitlosigkeit –« und sie schauderte, indem sie auf die vierte Tür zeigte –»um dich zu finden. Denn wenn ich nicht gegangen wäre, hättest du nie wieder hereinkommen können. Und weil ich ging, werden die Wasser um meine Hütte steigen und steigen und fließen und herankommen, bis sie einen großen Himmel von Wasser über meiner Behausung bilden. Doch solange ich mein Feuer brennen lasse, kann das Wasser nicht herein. Ich habe genug Brennmaterial für Jahre, und nach einem Jahr wird das Wasser wieder fallen und genauso sein, wie es war, bevor du kamst. Ich bin jetzt seit einhundert Jahren nicht mehr begraben gewesen.« Und sie lächelte und weinte.

»Oh weh«, rief ich, »ich habe dieses Übel über Euch, meine beste und liebste Freundin, gebracht.«

»Denke nicht daran«, erwiderte sie. »Ich kann es gut ertragen. Du wirst eines Tages zu mir zurückkommen, das weiß ich. Doch ich bitte dich, mir zuliebe, mein Kind, tu eines: welchen Kummer du auch haben magst, so unstillbar und unwiderruflich er auch er-scheint, glaube mir, daß die alte Frau mit den jungen Augen in der Hütte« (sie lächelte) »etwas weiß, auch wenn sie es nicht immer sagen darf, das deinen Kummer tröstet, selbst in den furchtbarsten Augenblicken. Jetzt mußt du gehen.«

»Doch wie kann ich gehen, wenn ringsherum Wasser ist, und wenn die Türen alle in verschiedene Richtungen und in verschiedene Welten führen?«

»Dies ist keine wirkliche Insel«, antwortete sie; »sondern sie ist mit dem Festland durch eine schmale Landzunge verbunden. Und was die Tür betrifft: ich werde dich selbst durch die richtige hinausführen.«

Sie nahm meine Hand und führte mich durch die dritte Tür. Ich befand mich auf dem weichen, grasbewachsenen Torf, den ich von dem kleinen Boot aus betreten hatte, doch auf der anderen Seite der Hütte. Die alte Frau zeigte mir die Richtung, in der ich die Landzunge finden und dem Wasser entkommen würde.

Dann nahm sie mich in ihre Arme und hielt mich an ihre Brust, und als ich sie küßte, hatte ich das Gefühl, als verlasse ich meine Mutter zum ersten Mal. Schließlich schob sie mich sanft von sich mit den Worten: »Geh, mein Sohn, und tue etwas, das wert ist, getan zu werden«, drehte sich um, betrat wieder die Hütte und schloß die Tür hinter sich.

Ich fühlte mich sehr einsam, als ich fortging.

KAPITEL XVIII

Das edle Herz, das sich zum Hort der Tugend macht,
Und schwanger geht mit großem, hehrem Tun,
Kann niemals ruhn, bis es hervorgebracht
Die ew'ge Frucht, glanzvollen Ruhm.

Spenser, Die Feenkönigin

Bereits nach wenigen Schritten spürte ich, daß der Torf unter meinen Füßen vom steigenden Wasser getränkt war. Doch ich erreichte die Landenge sicher. Sie war felsig und lag so viel höher als die Halbinsel, daß ich genug Zeit hatte, sie zu überqueren. Auf beiden Seiten sah ich das Wasser schnell steigen, völlig ohne Wind, heftige Bewegung oder brechende Wellen, so als brenne ein starkes Feuer darunter. Nachdem ich eine steile Anhöhe hinaufgestiegen war, befand ich mich in einer offenen, felsigen Landschaft. Einige Stunden lang ging ich so gerade wie möglich weiter, bis ich zu einem einsamen Turm kam, der auf der Kuppe eines kleinen Hügels stand und das ganze umgebende Land überblickte. Als ich mich näherte, hörte ich das Klingen von einem Amboß. Ich wartete einige Minuten, und sobald es verstummte, klopfte ich laut. Einen Moment später wurde die Tür von einem halb entkleideten Jüngling mit edlem Aussehen geöffnet, der vor Hitze glühte und rußbedeckt vom Schmieden war. In einer Hand hielt er ein Schwert, erst vor so kurzer Zeit aus den Flammen genommen, daß es noch in einem dumpfen Feuer glomm. Sobald er mich sah, öffnete er die Tür weit, und indem er zur Seite trat, lud er mich sehr herzlich ein, hereinzukommen. Darauf schloß er sehr sorgfältig die Tür und ging voraus zum Inneren des Turms. Er führte mich in einen derben Saal, der fast das ganze Erdgeschoß des kleinen Gebäudes auszufüllen schien und jetzt offensichtlich als Werkstatt diente. Ein großes Feuer prasselte im Kamin, neben dem ein Amboß aufgestellt war. Beim Amboß stand, ebenfalls nur halb bekleidet, in wartender Haltung, den Hammer in der Hand, ein zweiter Jüngling, so groß wie der erste, doch viel schmaler gebaut. Auf den ersten Blick hielt ich sie für sehr verschieden, doch als ich genauer hinsah, wurde mir klar, daß sie Brüder waren. Der erste und offensichtlich ältere von beiden war muskulös und dunkel, mit gelocktem Haar und großen, braunen Augen, deren Blick manchmal eigentümlich weich wurde. Der zweite war schlank und blond, doch mit einer Haltung wie ein Adler und Augen, die, obwohl von einem hellen Blau, in einem fast wilden Ausdruck glänzten. Er stand aufrecht, als blicke er von einem hohen Berggipfel herab über eine weite, tief unter ihm gelegene Ebene.

Sobald wir den Saal betreten hatten, wandte der ältere sich mir zu, und ich sah ein befriedigtes Glühen auf den Gesichtern der beiden. Zu meiner Überraschung und großen Freude sprach er mich so an:

»Bruder, möchtest du dich ans Feuer setzen und ausruhen, bis wir diesen Teil unserer Arbeit vollendet haben?«

Ich gab meiner Zustimmung Ausdruck und setzte mich ruhig an den Kamin, entschlossen, abzuwarten, welche Eröffnung sie mir machen würden.

Der ältere Bruder legte dann das Schwert ins Feuer und bedeckte es mit Glut. Als es heiß genug geworden war, zog er es heraus und legte es auf den Amboß, woraufhin der Jüngere, mit einer Folge von schnellen, geschickten Schlägen, den einen Teil des Schwertes in passende Form zum anderen brachte. Als sie damit fertig waren, legten sie es vorsichtig ins Feuer, und sobald es wirklich sehr heiß war, tauchten sie es in ein Gefäß mit einer Flüssigkeit, woraus eine blaue Flamme emporschoß, als der glühende Stahl hineinglitt. Dort ließen sie das Schwert, zogen zwei Hocker zum Feuer und setzten sich neben mich, jeder auf eine Seite.

»Wir freuen uns sehr, dich zu sehen, Bruder. Wir erwarten dich seit einigen Tagen«, sagte der dunkelhaarige Jüngling.

»Ich bin stolz, daß ihr mich euren Bruder nennt«, erwiderte ich, »und ich hoffe, ihr glaubt nicht, daß ich diese Bezeichnung zurückweise, wenn ich frage, warum ihr mich so ehrt?«

»Aha, dann weiß er noch nichts davon«, sagte der jüngere. »Wir glaubten, du wüßtest von dem Band zwischen uns, und der Arbeit, die wir zusammen zu verrichten haben. Du mußt ihm alles von Anfang an erzählen, Bruder.«

Da begann der Ältere:

»Unser Vater ist der König dieser Provinz. Bevor wir geboren wurden, waren drei Riesen in unser Land gekommen. Keiner wußte genau wann, und niemand konnte sich vorstellen, woher. Sie ergriffen Besitz von einer zerfallenen Burg, die, seit sich irgendein Bewohner dieses Landes erinnern konnte, unbewohnt gewesen war. Die Gewölbe dieser Burg waren von der Zeit unberührt geblieben, und darin, nehme ich an, wohnten sie zunächst. Man sah sie selten und sie taten niemandem auch nur das Geringste zuleide, so daß man sie in der Umgebung zumindest als harmlose, wenn nicht sogar gutmütige Wesen betrachtete. Doch man begann zu bemerken, daß die alte Burg auf irgend eine Weise, keiner wußte wann oder wie, ein etwas anderes Aussehen angenommen hatte als früher. Nicht nur, daß einige Breschen im unteren Teil der Mauer geschlossen worden waren, tatsächlich hatte jemand auch einige der Zinnen erneuert, offensichtlich, um einen weiteren Verfall zu verhindern, während die wichtigeren Teile wieder aufgebaut wurden. Natürlich nahmen alle an, daß die Riesen die Arbeit machten, doch niemand sah sie je damit beschäftigt. Den Bauern wurde es noch unheimlicher, nachdem einer von ihnen, der sich in der Nähe der Burg versteckt und sie beobachtet hatte, berichtete, daß er im vollen Mondlicht die drei Riesen gesehen habe, wie sie die ganze Nacht mit allen Kräften daran gearbeitet hätten, einige riesige Steine, die früher Stufen einer Wendeltreppe gebildet hatten, in ihre ursprüngliche Lage zurückzubewegen. Doch die Leute sagten, sie hätten keinen wirklichen Grund zum Eingreifen gehabt, obwohl die eigentliche Ursache dafür, die Riesen in Ruhe zu lassen, war, daß alle viel zu viel Angst vor ihnen hatten, um sie zu unterbrechen.

Schließlich wurde mit Hilfe von Steinen aus einem nahegelegenen Steinbruch die ganze äußere Mauer der Burg wiederhergestellt. Und jetzt fürchteten sich die Menschen in der Nachbarschaft mehr als jemals zuvor. Aber einige Jahre lang blieben die Riesen sehr friedlich. Doch dann kam ihre wahre Natur zum Vorschein. Sie gingen nun dazu über, die Landhäuser der Nachbarschaft zu zerstören, woraus sie sich sehr reich mit Gegenständen für ihre Inneneinrichtung versorgten. Das ging so weit, daß die Nachricht von ihren Raubzügen meinem Vater zu Ohren kam; doch ach, seine Mittel waren durch einen Krieg gegen ein Nachbarland so erschöpft, daß er nur wenige Männer schicken konnte, um die Einnahme ihrer Festung zu versuchen. Die Riesen unternahmen nachts einen Ausfall und töteten jeden einzelnen von ihnen. Und jetzt, dreister geworden durch Erfolg und Straflosigkeit, beschränkten sie ihre Plünderungen nicht mehr nur auf Gegenstände, sondern begannen, einige ihrer Nachbarn, Ritter und Edelfrauen, zu verschleppen und gefangenzuhalten. Die Not dieser Gefangenen wurde durch alle möglichen Arten unwürdiger Behandlung noch vergrößert und fortgesetzt, bis Freunde sie mit sehr großen Summen Geldes freikauften. Viele Ritter zogen aus, um die Riesen zu besiegen, wurden jedoch selbst besiegt, getötet, gefangengenommen oder zum eiligen Rückzug gezwungen. Um ihren Ungeheuerlichkeiten die Krone aufzusetzen, bringen die Riesen jetzt, wann immer jemand versucht, sie anzugreifen, sofort nach dessen Niederlage einen oder mehrere ihrer Gefangenen auf grausame Weise ums Leben, auf einem Turm, sichtbar für alle Vorübergehenden. So kam es, daß sie in letzter Zeit viel seltener bedrängt wurden; und wir, obwohl wir seit Jahren darauf brennen, diese Unholde anzugreifen und zu zerstören, wagten es in Anbetracht der Gefangenen nicht, das Abenteuer anzugehen, bevor wir nicht mindestens unser frühestes Mannesalter erreicht hatten. Nun jedoch bereiten wir uns auf einen Versuch vor, und die Gründe für unsere Vorbereitung sind diese: da wir nur die Entschlossenheit, nicht aber die Erfahrung für ein solches Unterfangen hatten, gingen wir zu einer einsam lebenden, weisen Frau, die nicht weit von hier lebt in der Richtung aus der du kamst, um sie zu befragen. Sie empfing uns sehr freundlich und gab uns den für uns sicher besten Rat. Zunächst fragte sie, welche Erfahrung wir im Umgang mit Waffen hätten. Wir sagten ihr, daß wir von Kindheit an den Umgang mit Waffen gelernt hätten und schon seit einigen Jahren mit Voraussicht auf unsere Aufgabe in ständiger Übung seien.

›Doch Ihr habt noch nie wirklich um Leben und Tod gekämpft?‹ fragte sie.

Wir mußten zugeben, daß es so war.

›In mancher Hinsicht ist es besser so‹, erwiderte sie. ›Jetzt hört mir zu. Geht zuerst und arbeitet bei einem Waffenschmied, solange ihr es notwendig findet zu bleiben, um dieses Handwerk zu erlernen, was nicht lange dauern wird, denn ich sehe, daß eure Herzen ganz bei der Arbeit sein werden. Dann geht zu einem einsamen Turm, nur ihr zwei allein. Empfangt keine Besuche. Schmiedet dort jedes Teil der Rüstung, die ihr tragen und jede Waffe, die ihr gebrauchen wollt für euren späteren Kampf selbst. Und betreibt eure Waf-

Einen Moment später wurde die Tür von einem halb-entkleideten Jüngling mit edlem Aussehen geöffnet ...

fenübungen weiter. Da jedoch ihr zwei nicht drei Riesen gegenübertreten könnt, werde ich, wenn ich kann, einen dritten Bruder für euch finden, der den dritten Teil des Kampfes und der Vorbereitungen übernehmen wird. Ich habe schon jemanden gesehen, der, glaube ich, genau der richtige Mann für eure Gemeinschaft sein wird. Doch es wird noch einige Zeit dauern, bis er zu mir kommt. Er wandert jetzt noch ohne Ziel dahin. Ich werde ihn euch in einem Spiegel zeigen, und wenn er kommt, werdet ihr ihn sofort erkennen. Wenn er eure Bemühungen teilen will, müßt ihr ihn all euer Wissen lehren, und er wird es euch wohl lohnen, zunächst mit Liedern und später mit Taten.‹

Sie öffnete die Tür eines seltsamen, alten Schrankes, der im Zimmer stand. An der Innenseite dieser Tür hing ein ovaler, gewölbter Spiegel. Nachdem wir eine Zeitlang hineingeschaut hatten, sahen wir schließlich das Zimmer, in dem wir standen und die alte Dame, die in ihrem Sessel saß. Unsere Gestalten wurden nicht gespiegelt. Doch zu Füßen der Dame lag ein junger Mann und weinte, das warst du.

›Dieser Jüngling wird unseren Zielen sicher nicht dienen‹ sagte ich, ›denn er weint.‹

Die alte Frau lächelte. ›Vergangene Tränen sind heutige Kräfte‹, sagte sie.

›Oh!‹, meinte mein Bruder, ›ich sah dich einst über einen Adler weinen, den du erschossen hattest!‹

›Das lag daran, daß er so war wie du, Bruder‹, erwiderte ich; ›doch wahrhaftig, dieser Jüngling mag bessere Gründe für Tränen haben als diesen – ich hatte Unrecht.‹

›Wartet nur ab‹, sagte die Frau; ›wenn ich mich nicht irre, wird er euch zum Weinen bringen, bis eure Tränen versiegt sind für immer. Tränen sind das einzige Mittel gegen das Weinen. Und ihr werdet dieses Mittel vielleicht brauchen, bevor Ihr daran geht, die Riesen zu bekämpfen. Ihr müßt in eurem Turm warten, bis er kommt.‹

Wenn du dich uns also zugesellen willst, werden wir dich bald lehren, deine Rüstung zu schmieden. Und wir werden zusammen kämpfen und zusammen arbeiten und einander lieben.«

So wurde unser Bund besiegelt. Ich erhob mich und entblößte meinen Oberkörper.

»Ich kann mit einem Schwert umgehen«, sagte ich, »aber ich schäme mich meiner weißen Hände neben den euren, die auf so edle Weise schwarz und hart geworden sind. Doch dieser Makel wird bald beseitigt sein.«

»Nein, nein; wir werden heute nicht arbeiten. Ruhe ist ebenso wichtig wie Arbeit. Bringe den Wein, Bruder. Heute ist das Bedienen an dir.«

Der jüngere Bruder deckte bald den Tisch mit einfachen Speisen, doch gutem Wein; und wir aßen und tranken nach Herzenslust neben unserem Arbeitsplatz. Bevor die Mahlzeit beendet war, hatte ich ihre ganze Lebensgeschichte erfahren. Jeder von ihnen hatte etwas auf dem Herzen, was ihn, überzeugt, daß er in dem kommenden Kampf siegreich umkommen werde, mit tiefer Sorge erfüllte. Im übrigen glaubten sie, genug gelebt zu haben. Die Gründe für ihre Beunruhigung waren folgende:

Als sie bei einem Waffenschmied arbeiteten in einer Stadt, die berühmt war für ihre Erzeugnisse aus Stahl und Silber, hatte sich der ältere in eine Dame verliebt, die seinem wirklichen Stand ebensoweit unterlegen wie seiner Position als Waffenschmiedegeselle überlegen war. Er versuchte jedoch nicht, seine Werbung zu unterstützen, indem er sich ihr entdeckte; doch er war von einer solchen Mannhaftigkeit, daß in seiner Gesellschaft niemand an Rang und Stellung dachte. Die Dame konnte nicht anders, als seine Liebe zu erwidern. Als er sie verließ, sagte er ihr, er habe eine gefährliche Aufgabe vor sich, und wenn er sie erfüllt habe, werde er entweder zurückkehren und um sie werben, oder sie werde hören, daß er ehrenhaft gestorben sei. Der Kummer des jüngeren Bruders entstand dadurch, daß sein alter Vater, wenn sie beide getötet würden, keine Kinder mehr hätte. Seine Liebe zu seinem Vater war so übermäßig, daß sie jemandem, der sie nicht nachempfinden konnte, übertrieben erschienen wäre. Zu Hause war er seinem Vater ständig zur Seite gewesen, und jener hatte sich bis vor kurzer Zeit der Unsicherheiten des Heranwachsenden angenommen. Der höchste Triumph, den er sich vorstellen konnte, war es, zu seinem Vater zurückzukommen, beladen mit den Siegeszeichen eines der verhaßten Riesen. Beide Brüder befürchteten, daß im Augenblick der wichtigsten

Entscheidung der Gedanke an die Einsamkeit der geliebten Menschen in ihnen auftauchen könnte und auf irgendeine Weise die Selbstbeherrschung zerstören würde, die notwendig war für den Erfolg ihres Versuches. Denn, wie ich schon sagte, im eigentlichen Kampf waren sie noch unerfahren. »Nun«, dachte ich, »ich sehe, wozu die Kräfte meiner Fähigkeit dienen sollen.« Ich selbst fürchtete den Tod nicht, denn es gab nichts, was mir das Leben wichtig erscheinen ließ; doch ich fürchtete die Begegnung aufgrund der Verantwortung, die damit verbunden war. Ich entschloß mich jedoch, hart zu arbeiten und so kaltblütig, schnell und kraftvoll zu werden.

Die Zeit verging bei Arbeit und Gesang, Gesprächen und Ausflügen, mit freundschaftlichen Kämpfen und brüderlicher Hilfe. Ich wollte für mich keine schwere Rüstung schmieden, wie sie es taten, denn ich war nicht so kräftig wie sie und war, um erfolgreich kämpfen zu können viel mehr von der Geschmeidigkeit meiner Bewegungen, scharfen Augen und der schnellen Reaktion meines Arms abhängig. Deshalb begann ich für mich ein Hemd aus stählernen Platten und Ringen zu schmieden; eine komplizierte Arbeit, für die ich aber eher geeignet war als für schwerere körperliche Arbeit. Die Brüder halfen mir viel, selbst nachdem ich durch ihre Anleitung in der Lage war, alleine voranzukommen. Sie legten ihre Arbeit sofort zur Seite, wenn ich Hilfe brauchte. Ich versuchte, es ihnen mit Liedern zu lohnen; und sie vergossen beide viele Tränen bei meinen Balladen und Gesängen. Zwei Lieder, die ich für sie erdacht hatte, liebten sie am meisten. Ich sang von dem Vater, der stirbt, als sein siegreicher Sohn tot vor ihm liegt, und ich sang vom Stolz der Geliebten, die ihren Liebsten in ehrenvollem Kampfe verlor. Die ersten Male weinten beide Brüder empfindsam, doch nach dem dritten Mal weinten sie nicht mehr. Ihre Augen glänzten und ihre Gesichter erbleichten, doch sie weinten bei keinem meiner Lieder mehr.

KAPITEL XIX

Ich wagte mein Leben daran ...

Das Buch der Richter

Endlich waren unsere Rüstungen vollendet. Wir legten sie einander an und erprobten die Stärke ihres Schutzes mit vielen Schlägen voll liebender Kraft. Ich war meinen beiden Brüdern an Stärke unterlegen, doch ein wenig beweglicher als jeder von ihnen. Auf diese Beweglichkeit zusammen mit der Treffsicherheit meiner Waffe gründete ich meine Hoffnung auf Erfolg in dem kommenden Kampf. Auch arbeitete ich noch daran, die Schärfe meiner Augen zu entwickeln, und aus den Bemerkungen meiner Brüder erfuhr ich bald, daß meine Bemühungen nicht vergeblich waren.

Es kam der Morgen, an dem wir uns entschlossen hatten, unseren Versuch zu wagen und erfolgreich zu sein oder unterzugehen – vielleicht auch beides. Wir wollten zu Fuß kämpfen, da wir wußten, daß das Unglück vieler Ritter, die den Angriff gewagt hatten, durch die Furcht ihrer Pferde beim Anblick der Riesen entstanden war; wie Ritter Gawain glaubten wir, daß sich die Söhne einer Stute vielleicht als untreu erweisen könnten, die Erde jedoch nie zum Verräter werden würde. Doch die meisten unserer Vorbereitungen wurden zunichte gemacht.

Wir standen an jenem schicksalhaften Morgen bei Tagesanbruch auf. Am Tag zuvor hatten wir uns von aller Arbeit ausgeruht und jetzt waren wir frisch wie die Lerche. Wir badeten in kaltem Quellwasser und kleideten uns in saubere Gewänder mit einem Gefühl, als würden wir eine ernste Festlichkeit vorbereiten. Nachdem wir gefrühstückt hatten, nahm ich die alte Lyra, die ich im Turm gefunden und selbst ausgebessert hatte, und sang. Bei den letzten Klängen des Instruments sprangen wir auf; während des Singens hatte ich aus einem kleinen Turmfenster hinausgeschaut: nun sah ich, sich plötzlich über den Rand des Hügels erhebend, drei riesige Köpfe. Die Brüder erkannten an meinem Gesichtsausdruck sofort, wodurch er hervorgerufen wurde. Wir waren völlig ungerüstet und fanden jetzt auch keine Zeit mehr dazu. Doch wir hatten offensichtlich gleichzeitig dieselbe Idee, denn jeder griff nach seiner liebsten Waffe und sprang, die Rüstung zurücklassend, zur Tür. Ich griff hastig mit meiner Schwerthand nach einem langen, sehr fein zugespitzten Stoßdegen und mit der anderen Hand nach einem Säbel. Der ältere Bruder riß seine schwere Streitaxt an sich und der jüngere einen riesigen Zweihänder, den er in einer Hand schwang wie eine Feder. Wir hatten gerade noch genug Zeit, uns ein Stück vom Turm zu entfernen, einander zu umarmen und uns zu verabschieden, da kamen die drei Riesenbrüder auch schon herbei, um uns anzugreifen. Sie waren ungefähr doppelt so groß wie wir, bis an die Zähne bewaffnet und gerüstet. Durch das Visier ihrer Helme glitzerten ihre riesigen Augen von furchtbarer Grausamkeit. Ich stand in der Mitte und der mittlere Riese kam auf mich zu. Mein Blick prüfte seine Rüstung genau, und ich legte meine Kampftaktik fest. Ich sah, daß sein Harnisch etwas grob gefertigt war und die übereinandergreifenden Teile an der unteren Hälfte mehr Spielraum als nötig hatten. So hoffte ich, daß sich in einem günstigen Augenblick ein Gelenk seiner Rüstung an einer sichtbaren und zugänglichen Stelle ein wenig öffnen würde. Ich blieb stehen, bis er nahe genug herankam, um zu einem ersten Hieb mit seiner Keule, die zu allen Zeiten die Lieblingswaffe der Riesen war, nach mir auszuholen. Ich sprang natürlich zur Seite und der Schlag sauste an der Stelle nieder, auf der ich gestanden hatte. Ich nahm an, daß die Gelenke seiner Rüstung dadurch noch mehr gedehnt würden. Voller Wut griff er mich zum zweiten Male an, und ich hielt ihn in Bewegung, indem ich seinen Hieben ständig auswich, in der Hoffnung, ihn so zu ermüden. Er schien keinen Angriff von meiner Seite zu befürchten, und ich versuchte zunächst auch keinen, sondern beobachtete, während ich seine Bewegungen verfolgte, um seinen Schlägen auszuweichen, gleichzeitig die Gelenke seiner Rüstung. Schließlich hielt er einen Augenblick inne, als sei er etwas erschöpft, und richtete sich dann ein wenig auf. In diesem Augenblick sprang ich vorwärts, stieß den Stoßdegen durch ihn hindurch bis zum Rückenharnisch, ließ das Heft los, lief unter seinem rechten Arm hindurch, drehte mich um, als er stürzte und hieb mit meinem Säbel nach ihm. Beim ersten, glücklichen Schlag durchtrennte ich das Band seines Helms, der herabfiel, und mir so ermöglichte, den Riesen mit einem zweiten Schlag über die Augen zu blenden, wonach ich ihm den Schädel spaltete. Dann wandte ich mich, unverletzt geblieben, meinen

Brüdern zu. Beide Riesen lagen am Boden, doch meine Brüder ebenso. Ich eilte zu ihnen, doch alle waren tot, und noch, wie im Todeskampf, ineinander verschlungen. Sie lagen still. Ich, der Unwerteste, war der einzige Überlebende auf dem Kampfplatz.

Als ich so erschöpft zwischen den Toten stand, nach der ersten verdienstvollen Tat meines Lebens, blickte ich plötzlich hinter mich, und dort breitete sich der Schatten schwarz im Sonnenlicht aus. Ich trat ins Innere des Turms, da lagen noch die ungebrauchten Rüstungen der Brüder, ausgestreckt wie sie. Ach, welch ein trauriger Anblick! Es war ein glanzvoller Tod, aber doch der Tod. Ich schämte mich fast, daß ich lebte. Und doch konnte ich freier atmen bei dem Gedanken, daß ich die Prüfung überstanden hatte, ohne zu versagen. Vielleicht kann man mir vergeben, daß ich ein wenig stolz wurde, als ich auf den mächtigen Körper herabsah, der dort lag, von meiner Hand erschlagen.

»Und doch«, sagte ich mir, und mein Herz wurde schwer, »es war nur Geschicklichkeit. Dein Riese war einfach ein Tölpel.«

Ich eilte ins tiefergelegene Land hinab und alarmierte die Bauern. Sie kamen mit Schreien und frohem Lärmen und brachten Karren mit, um die Toten abzutransportieren. Ich entschloß mich, die Prinzen zu ihrem Vater zu bringen, wie sie lagen, jeder in den Armen seines Gegners. Doch zuerst durchsuchte ich die Riesen und fand die Schlüssel ihrer Burg, zu der ich mich, gefolgt von einer großen Menschenmenge, auf den Weg machte. Ich befreite die Gefangenen, Ritter und Edelfrauen – alle in kläglichem Zustand durch die erlittenen Grausamkeiten. Ihr Dank beschämte mich. Ich hatte nur dabei geholfen, das Vorhaben der Brüder auszuführen, das diese schon begonnen hatten, in die Tat umzusetzen, bevor ich überhaupt etwas davon erfahren hatte. Dennoch schätzte ich mich glücklich, von ihnen zu dieser großen Tat als Bruder ausersehen worden zu sein.

Nachdem wir die Gefangenen erfrischt und gekleidet hatten, machten wir uns auf den Weg in die Hauptstadt. Wir kamen zunächst nur langsam vorwärts, doch als Kräfte und Lebensgeister der Befreiten zurückkehrten, wurde unsere Reise schneller, und nach drei Tagen erreichten wir den Palast des Königs. Als wir durch die Stadttore fuhren, jeder der riesigen Kerle auf einem Pferdewagen, zwei von ihnen untrennbar verbunden mit den Körpern der toten Prinzen, schrieen die Stadtbewohner laut auf, weinten und folgten in Scharen der feierlichen Prozession.

Ich werde nicht versuchen, das Verhalten des großen, alten Königs zu beschreiben. Freude und Stolz auf seine Söhne überwanden seinen Kummer über ihren Verlust. Er überhäufte mich mit Freundlichkeiten. Nacht für Nacht saßen wir beieinander, und er fragte mich über alles aus, was irgendwie mit seinen Söhnen und ihren Vorbereitungen zusammenhing. Unsere Art zu leben und auch die kleinsten Einzelheiten beim Schmieden der Rüstungen ließ er sich erklären, selbst der besonderen Art, einige der Platten zu vernieten, brachte er nie ermüdendes Interesse entgegen. Die Rüstungen hatte ich mir als einziges Erinnerungsstück an unseren Kampf vom König erbitten wollen, doch als ich sah, mit welcher Freude er sie betrachtete, wie sehr sie seinen Kummer trösteten, konnte ich nicht mehr darum bitten; ich überließ ihm sogar meine eigenen Waffen und meine Rüstung, die er mit den anderen Rüstungen zu einem Denkmal inmitten des großen Platzes im Palast zusammenstellte. Der König schlug mich in einer herrlichen Zeremonie zum Ritter, wobei das Schwert seiner Jugend in seiner alten Hand zitterte.

Doch weiterhin wurde ich von dem Schatten verfolgt, den ich nicht bemerkt hatte, während ich im Turm arbeitete. Selbst in Gesellschaft der Damen des Hofes, die es für ihre Pflicht hielten, mir meinen Aufenthalt so angenehm wie möglich zu gestalten, war ich mir seiner Gegenwart dauernd bewußt. Schließlich, der ununterbrochenen Vergnügungen überdrüssig, legte ich eine herrliche, mit Silber eingelegte Stahlrüstung an, die der König mir geschenkt hatte, bestieg das Pferd, auf dem man sie mir überbracht hatte und verließ den Palast, um die weit entfernte Stadt zu besuchen, in welcher die Dame lebte, die der ältere Prinz geliebt hatte. Ich empfand es als schwere Aufgabe, ihr die Nachricht von seinem ruhmreichen Schicksal zu überbringen. Doch diese Aufgabe blieb mir erspart auf eine Weise, die ebenso seltsam war wie all meine anderen Erlebnisse in Feenland.

Der König schlug mich in einer herrlichen Zeremonie
zum Ritter . . .

KAPITEL XX

Niemand hat meine Gestalt als der Ich

Jean Paul, Titan

Am dritten Tag meiner Reise ritt ich friedlich eine Straße entlang, die offensichtlich selten benutzt wurde, wie ich aus dem darauf wachsenden Gras schloß. Ich näherte mich einem Wald. Als ich herankam, begegnete mir ein Jüngling, unbewaffnet, zart und schön, der gerade einen Ast von einer Eibe geschnitten hatte, wohl um daraus einen Bogen zu fertigen, und folgende Worte an mich richtete:

»Herr Ritter, seid vorsichtig, wenn Ihr durch diesen Wald reitet, denn man sagt, er sei verzaubert auf eine Weise, die selbst jene, welche Zeugen seiner Verzauberung waren, kaum beschreiben können.«

Ich dankte ihm für seinen Rat, den ich zu befolgen versprach, und ritt weiter. Doch als ich in den Wald kam, schien es mir, als müsse die Verzauberung von freundlicher Art sein, denn der Schatten, welcher sich, seit ich zu dieser Reise aufgebrochen war noch dunkler und beunruhigender als sonst gezeigt hatte, verschwand plötzlich. Ich begann, über mein vergangenes Leben nachzudenken, besonders über meinen Kampf mit den Riesen. Ich fühlte eine solche Befriedigung, daß ich mich wirklich daran erinnern mußte, nur einen von ihnen erschlagen zu haben, und daß ich ohne die Brüder nie auf den Gedanken gekommen wäre, sie anzugreifen, ganz abgesehen davon, daß ich niemals einen solchen Kampf durchgestanden hätte. Dennoch freute ich mich und zählte mich zu den berühmtesten Rittern aller Zeiten, ja, ich beging sogar die unaussprechliche Anmaßung – Scham und Selbstvorwürfe sind schon bei der Erinnerung daran so groß, daß ich davon nur berichte, weil es die einzige und härteste Strafe ist, die ich mir auferlegen kann –, mich selbst als ebenbürtig mit Ritter Galahad zu empfinden! Kaum war der Gedanke meinem Hirn entsprungen, entdeckte ich, daß sich mir von links durch die Bäume ein prächtiger Ritter von mächtiger Größe näherte, dessen Rüstung ohne Sonnenbestrahlung von innen heraus zu leuchten schien. Als er herankam, sah ich erstaunt, daß seine Rüstung meiner eigenen glich; ja, ich erkannte, daß jedes Detail des eingelegten Silbers Linie für Linie mit meiner übereinstimmte. Auch sein Pferd glich meinem an Farbe, Gestalt und Bewegung, nur war es, wie sein Reiter, größer und wilder als sein Gegenstück. Der Ritter hatte das Visier geöffnet. Als er mir gegen-

über auf dem schmalen Pfad stehen blieb, mir den Weg verstellend, sah ich die Spiegelung meiner Gestalt auf der Mitte des glänzenden Stahls seiner Brustplatte. Darüber erhob sich dasselbe Gesicht – sein Gesicht – nur, wie ich sagte, größer und wilder. Ich war verwirrt. Ich konnte nicht anders, als ihn bewundern, doch meine Bewunderung war gemischt mit der dunklen Überzeugung, daß er böse war, und daß ich gegen ihn kämpfen müßte.

»Laßt mich vorbei«, sagte ich.

»Erst wenn ich das will«, erwiderte er.

Etwas in meinem Innern sagte: »Lanze einlegen und angreifen! Sonst wirst du für immer ein Sklave sein.«

Ich versuchte es, doch mein Arm zitterte so sehr, daß ich die Lanze nicht einlegen konnte. Um die Wahrheit zu sagen: ich, der den Riesen überwunden hatte, bebte wie ein Feigling vor diesem Ritter. Er stieß ein höhnisches Gelächter aus, das durch den Wald hallte, wendete sein Pferd und sagte, ohne sich umzusehen:

»Folge mir!«

Ich gehorchte, beschämt und betäubt. Wie lange er führte und wie lange ich ihm folgte, weiß ich nicht mehr. »Ich kannte bis heute das Elend nicht«, sagte ich zu mir. »Wenn ich ihn nur wenigstens geschlagen und selbst den Todesstoß empfangen hätte! Warum fordere ich ihn denn nicht auf, sich umzuwenden und sich zu verteidigen? Ach, ich weiß es nicht, aber ich kann nicht. Ein Blick von ihm würde mich einschüchtern wie einen geprügelten Hund.« Ich folgte und blieb still.

Schließlich kamen wir zu einem öden, viereckigen Turm, inmitten eines dichten Waldstückes. Er sah aus, als habe man kaum einen Baum abgehackt, um Platz für ihn zu schaffen. Genau vor der Tür wuchs quer der Stamm eines Baumes, der so dick war, daß es gerade noch genug Platz gab, sich an ihm vorbei hineinzuzwängen. Ein elendes, viereckiges Loch in der Mitte des Daches war das einzige, was entfernt einem Fenster ähnelte. Türmchen, Zinnen oder Mauervorsprünge irgendwelcher Art gab es nicht. Gerade, glatt und massig ragte er empor, in einer ebenso geraden, ungebrochenen Linie endend. Um das Fundament des Turms herum lagen mehrere Häufchen zerbrochener Äste, vertrocknet und ohne Rinde, oder halbverbliche-

111

ner Knochen; was es wirklich war, konnte ich nicht erkennen. Als ich herankam, klang der Boden hohl unter den Hufen meines Pferdes. Der Ritter zog einen großen Schlüssel aus seiner Tasche, griff an dem Baumstamm entlang und öffnete mit einiger Schwierigkeit die Tür. »Absteigen!« befahl er. Ich gehorchte. Er wendete den Kopf meines Pferdes vom Turm ab und gab ihm einen furchtbaren Hieb mit der flachen Seite seines Schwertes, woraufhin es wild durch den Wald davonjagte.

»Nun«, sagte er, »tritt ein, und nimm deinen Gefährten mit dir.« Ich drehte mich um: Ritter und Pferd waren verschwunden, und hinter mir lag der furchtbare Schatten. Ich trat ein, und der Schatten folgte mir. Ich hatte das grauenhafte Gefühl, daß der Ritter und er eins waren. Die Tür schloß sich hinter mir.

Jetzt war ich wirklich in einer mitleiderregenden Lage. In dem Turm war nichts außer dem Schatten und mir. Die Wände erhoben sich glatt bis zum Dach hinauf, in dem, wie ich von außen gesehen hatte, eine viereckige Öffnung war. Jetzt wußte ich, daß es wirklich das einzige Fenster des Turms darstellte. Ich setzte mich in leerer Verzweiflung auf den Boden. Ich glaube, ich muß eingeschlafen sein und stundenlang geschlafen haben, denn als ich wieder zu mir kam, schien der Mond durch das Loch im Dach. So wie er höher und höher hinaufstieg, kletterte sein Licht die Wand herab, bis es schließlich meinen Kopf beleuchtete. Im selben Augenblick schienen sich die Wände des Turms wie Dunst aufzulösen. Ich saß unter einer Buche am Waldrand, und vor mir lag das offene, weite Land im Mondlicht, gefleckt mit leuchtenden Häusern, Kirchturmspitzen und Türmen. Ich dachte bei mir: »Welch ein Glück, es war nur ein Traum, die furchtbare, enge Leere ist fort, und ich erwache unter einer Buche – vielleicht einer, die mich liebt – und kann gehen, wohin ich will.« Ich erhob mich, wie ich glaubte, wanderte umher und tat, was ich wollte, blieb jedoch immer in der Nähe des Baumes, denn stets, und besonders seit meiner Begegnung mit der Buchenfrau, hatte ich diesen Baum geliebt. So verging die Nacht. Ich wartete auf den Sonnenaufgang, um meine Reise fortsetzen zu können. Doch sobald das erste, blasse Licht der Morgenröte

erschien, stahl es sich, anstatt aus dem Auge des Morgens auf mich herunterzuleuchten, durch das kleine, viereckige Loch über meinem Kopf herab wie ein bleicher Geist; die Wände kamen zum Vorschein als das Licht zunahm, und die herrliche Nacht wurde vom verhaßten Tag verschluckt. Der lange, trostlose Tag verging. Mein Schatten lag schwarz auf dem Boden. Ich spürte keinen Hunger, kein Bedürfnis nach Nahrung. Die Nacht kam, der Mond schien. Ich sah das Licht langsam die Wand herabgleiten, wie die lautlose Annäherung eines helfenden Engels. Die Strahlen berührten mich und ich war frei. Jeden Morgen aber saß ich verzweifelt und trostlos wieder da. Schließlich, als die Bahn des Mondes sich so geändert hatte, daß seine Strahlen mich nicht mehr berührten, war die Nacht so traurig wie der Tag. Wenn ich schlief, wurde ich ein wenig von meinen Träumen getröstet, doch während jeden Traums wußte ich, daß ich nur träumte. Aber eines Tages, der Mond war nur eine bleiche Sichel, berührten mich ein paar dünne, geisterhafte Strahlen, und ich glaube, daß ich einschlief und träumte. Ich saß in einer Herbstnacht vor der Weinlese auf einem Hügel und sah auf mein Schloß herunter. Mein Herz hüpfte vor Freude. Oh, wieder ein Kind zu sein, unschuldig, furchtlos und ohne Verlangen! Ich wanderte zum Schloß hinab. Alle waren verzweifelt wegen meiner Abwesenheit. Meine Schwestern beweinten mein Verschwinden. Sie sprangen auf und warfen sich mit unzusammenhängenden Freudenlauten an meine Brust, als ich eintrat. Meine alten Freunde versammelten sich um mich. Ein graues Licht schien auf das Dach des Saals. Es war das Licht der Morgendämmerung, das durch das eckige Fenster meines Turmes hereinsickerte. Noch sehnlicher als je zuvor verlangte ich nach diesem Traum nach Freiheit. Noch trauriger als zuvor kroch der nächste Tag dahin. Ich konnte an den Sonnenstrahlen, die durch das kleine Fenster in meine Turmfalle hereinschienen, absehen, wie der Tag fortschritt, und wartete nur auf die Träume der Nacht.

Ungefähr um die Mittagszeit schreckte ich auf, als habe mich plötzlich etwas all meinen Sinnen und meiner Erfahrung Fremdes überfallen; und doch war es nur die Stimme einer singenden Frau. Mein ganzer

Wie ein Leuchten ging sie durch den dunklen Wald ...

Körper bebte vor Glück, Überraschung und Erregung. Wie eine lebendige Seele, wie eine Inkarnation der Natur selbst drang das Lied in mein Gefängnis. Jeder Ton entfaltete seine Flügel und legte sich wie ein liebkosender Vogel auf mein Herz. Das Lied badete mich wie ein Meer, umhüllte mich wie ein duftender Dunst, drang in meine Seele wie ein tiefer Zug klaren Quellwassers, beleuchtete mich wie reinstes Sonnenlicht, streichelte mich wie die Stimme und die Hand einer Mutter. Und doch, so wie auch die klarste Waldquelle manchmal bitter nach zerfallenen Blättern schmeckt, so hatte das Lied für mein trostloses, gefangenes Herz einen Stachel der Kälte in seiner Fröhlichkeit und seiner Sanftheit, erniedrigte mich mit der Schwäche längst vergangener Freuden. Ich weinte, halb bitterlich, halb freudig, doch nicht sehr lange. Ich trocknete die Tränen und schämte mich meiner Schwäche, die ich längst für überwunden hielt.

Ohne wirklich zu wissen, was ich tat, öffnete ich die Tür. Warum hatte ich das nicht schon vorher getan? Ich weiß es nicht. Zuerst konnte ich niemanden sehen, doch als ich mich an dem Baum vorbeigezwängt hatte, der vor dem Eingang wuchs, sah ich eine schöne Frau, die auf dem Boden saß und sich an den Baum lehnte, den Rücken meinem Gefängnis zugewandt. Ihre Gestalt schien mir bekannt und unbekannt zugleich. Sie sah zu mir auf und lächelte, als ich heraustrat.

»Ach! Ihr wart der Gefangene? Ich bin wirklich froh, daß ich Euch hervorgelockt habe.«

»Kennt Ihr mich denn?«

»Kennt Ihr mich denn nicht? Aber Ihr habt mich verletzt, und das macht es einem Mann wohl leicht, zu vergessen. Ihr habt meine Glaskugel zerbrochen. Und doch danke ich Euch. Vielleicht bin ich Euch vielmals zu Dank verpflichtet. Ich brachte damals die Bruchstücke, schwarz und feucht von meinen Tränen, zur Feenkönigin. Keine Musik und kein Licht war mehr in ihnen. Doch sie nahm sie mir ab und legte sie beiseite; und sie ließ mich in einem großen, weißen Saal mit schwarzen Säulen und vielen roten Vorhängen schlafen. Als ich am Morgen erwachte, ging ich zu ihr, in der Hoffnung, meine Kugel wiederzubekommen, ganz und heil. Doch die Feenkönigin schickte mich ohne sie fort, und ich sah sie auch nie wieder. Aber ich brauche sie

jetzt gar nicht mehr. Ich habe etwas viel Besseres. Ich brauche keine Kugel mehr, in der Musik ist, denn ich kann singen. Vorher konnte ich überhaupt nicht singen. Jetzt wandere ich durch das ganze Feenland und singe, bis mein Herz fast zerbricht, genau wie die Kugel. Und wo immer ich hinkomme, tun meine Lieder Gutes und befreien Menschen. Und jetzt habe ich Euch befreit und bin sehr glücklich.«

Ich hatte sie die ganze Zeit angesehen und erkannte jetzt das Gesicht des Kindes wieder, verklärt zum Antlitz einer Frau. Ich schämte mich vor ihr, doch eine schwere Last war von meinem Herzen genommen. Ich kniete vor ihr nieder, dankte ihr und bat sie, mir zu vergeben.

»Erhebt Euch doch!« sagte sie, »ich habe Euch nichts zu vergeben. Doch jetzt muß ich gehen, denn ich weiß nicht, wie viele noch auf mich warten, hier und dort in den dunklen Wäldern, und nicht befreit werden können, bevor ich komme.«

Sie stand auf mit einem Lächeln und einem Lebewohl und verließ mich. Ich wagte es nicht, sie zum Bleiben aufzufordern; ja, ich konnte kaum zu ihr sprechen. Zwischen ihr und mir war ein tiefer Abgrund. Sie war emporgehoben worden durch Leid und gute Taten, empor in eine Sphäre, die ich kaum je würde erreichen können. Ich sah ihrem Weggehen zu, wie man einem Sonnenuntergang zusieht. Wie ein Leuchten ging sie durch den dunklen Wald, der von nun an hell und klar für mich war, da ich wußte, daß ein solches Wesen darin weilte. Das Licht und die Musik ihrer Kugel waren nun in ihrem Herzen und ihrem Verstand. Sie sang beim Fortgehen, und die Töne zogen durch die Bäume und verweilten scheinbar noch, als sie schon verschwunden war.

Mit traurigem Herzen, getröstet von Demut und dem Wissen um ihren Frieden und ihr Glück, bedachte ich, was ich jetzt tun sollte. Zuerst wollte ich den Turm weit hinter mir lassen, damit ich nicht noch einmal in seine furchtbaren Wände gesperrt werden könnte. Doch in meiner schweren Rüstung konnte ich schlecht gehen, und zudem hatte ich jetzt kein Recht mehr auf goldene Sporen und prächtigen Harnisch. Ein Knappe könnte ich vielleicht noch sein, doch ich ehrte das Rittertum zu hoch, um mich selbst noch als Teil dieser edlen Gemeinschaft zu empfinden. Ich legte die ganze Rüstung ab und häufte die Teile unter dem Baum auf, genau dort wo die Frau gesessen hatte. Dann machte ich mich auf meinen unbekannten Weg durch die Wälder nach Osten. Von all meinen Waffen trug ich nur noch eine kurze Axt in meiner Hand. So erfuhr ich zum ersten Mal das Glück der Demut und sagte zu mir: »Ich bin, was ich bin, nicht mehr, – ich habe versagt, ich habe mich verloren – ich wollte, es wäre mein Schatten gewesen.«

Ich blickte mich um: der Schatten war nirgends zu sehen. Schon bald wußte ich, daß ich nicht mich, sondern nur meinen Schatten verloren hatte. Ich erfuhr, daß es besser ist, tausendmal besser, wenn ein stolzer Mann fällt und gedemütigt wird, als wenn er seinen Kopf hochhält in Stolz und eingebildeter Unschuld. Ich erfuhr, daß er, der ein Held sein will, kaum ein Mann sein wird; nur derjenige, der nichts als seine Arbeit tut, wird seiner Männlichkeit sicher sein. Mein Ideal war in nichts erniedrigt oder gedämpft oder entwertet worden, ich hatte es nur zu deutlich gesehen, um mich davon lösen zu können. Tatsächlich wurde mein Ideal bald zu meinem Leben, während früher mein Leben nur darin bestanden hatte, vergeblich zu versuchen, wenn nicht mein Ideal in mir, so doch mich in meinem Ideal zu sehen. Jetzt jedoch erfreute ich mich, vielleicht zu Unrecht, zunächst noch meiner Selbstverachtung und Erniedrigung. Ein anderes Selbst schien sich, gleich einem lichten Geist aus einem Toten, zu erheben aus dem dumpfen und mit Füßen getretenen Selbst der Vergangenheit. Zweifellos würde auch dieses Selbst wieder sterben müssen und begraben werden, und aus seinem Grab als geflügeltes Kind aufsteigen; doch davon berichtet meine Geschichte hier noch nicht. Das Selbst wird ins Leben kommen, sogar in der Vernichtung des Selbst; denn es gibt immer noch etwas Tieferes und Stärkeres als dieses, etwas, das schließlich aus den unbekannten Tiefen der Seele emporsteigen wird: vielleicht als ein feierliches Dunkel, mit brennenden Augen? Oder als klarer Morgen nach einer Regennacht? Oder als lächelndes Kind, das sich nirgendwo und überall wiederfindet?

KAPITEL XXI

Erhabene Gedanken,
gestützt auf ein Herz von Anstand.

Sir Philip Sidney

Ich war noch nicht weit gegangen – ich hatte gerade den verhaßten Turm aus den Augen verloren – als eine andere Stimme an mein Ohr drang. Es war eine volle, tiefe, männliche aber zugleich klare und melodische Stimme. Einmal hörte ich sie mit plötzlich anschwellender Deutlichkeit, dann wieder, ebenso plötzlich ersterbend, als komme sie aus großer Ferne. Nichtsdestoweniger näherte sich der Klang, bis ich schließlich die Worte des Liedes verstehen und zwischen den Säulen der Baumstämme hindurch ab und an den Sänger sehen konnte. Er kam langsam auf mich zu wie das Dämmern eines Gedankens. Er war ein Ritter, von Kopf bis Fuß gerüstet, auf einem seltsamen Tier reitend, dessen Gestalt ich nicht begreifen konnte. Schließlich waren Pferd und Reiter nahe genug herangekommen, so daß ich einen mit dem langen Hals am Sattel befestigten Drachenkörper sehen konnte. Es war nicht verwunderlich, daß das Pferd mit einem solchen Drachen als Last nur langsam vorwärts kam, ganz zu schweigen von seiner offensichtlichen Furcht. Der schreckliche, schlangenartige Kopf mit der schwarzen, an der Gabelung roten Zunge, die aus dem Rachen hing, pendelte an der Seite des Pferdes hin und her. Der Hals war mit langen, blauen Haaren bedeckt, die Seiten mit grünen und goldenen Schuppen und die Haut des Rückens war mit purpurnen Runzeln überzogen. Sein Bauch war von ähnlicher Beschaffenheit, aber bleifarben und mit leuchtendblauen Punkten gesprenkelt. Seine häutigen, fledermausähnlichen Flügel und sein Schwanz waren schmutziggrau. Welch seltsamer Anblick, in dem so viele herrliche Farben, geschwungene Linien und schöne Teile wie Flügel, Haare und Schuppen eine derart scheußliche Gestalt von so unwahrscheinlicher Häßlichkeit erzeugten.

Der Ritter grüßte mich beim Vorüberreiten, doch als ich auf ihn zuging, zügelte er das Pferd und ich stellte mich an seinen Steigbügel. Zu meiner Überraschung und ebensolchen Freude – doch auch mit einem plötzlichen Schmerz, der wie eine Flamme in meinem Herzen aufzüngelte – bemerkte ich, daß es der Ritter mit der rostigen Rüstung war, den ich schon so lange kannte, und den ich auch in der Vision mit der Marmordame zusammen gesehen hatte. Dies verstärkte den Entschluß, den ich gefaßt hatte, bevor ich ihn

erkannte, ihm meine Dienste als Knappe anzubieten. Ich brachte meine Bitte in so wenig Worten wie möglich vor. Er zögerte einen Augenblick lang und schaute mich nachdenklich an. Ich sah, daß er vermutete, wer ich war. Zweifellos wurde er sich bald seiner Sache sicher, doch während all der Zeit, die ich bei ihm war, kam kein Wort davon über seine Lippen.

»Knappe und Ritter sollten Freunde sein«, sagte er. »Kannst du meine Hand nehmen?« Und er streckte seine große, gepanzerte rechte Hand aus. Ich ergriff sie bereitwillig und fest. Nicht ein Wort mehr wurde gesprochen. Der Ritter trieb sein Pferd an, welches seinen langsamen Trott wieder aufnahm, und ich ging an seiner Seite, etwas hinter ihm.

Wir erreichten bald eine kleine Hütte, aus der, als wir herankamen, eine Frau herausstürzte mit dem Ruf: »Mein Kind, mein Kind, habt Ihr mein Kind gefunden?«

»Ich habe das Mädchen gefunden«, erwiderte der Ritter, »doch es ist schwer verletzt. Ich mußte es bei dem Einsiedler lassen, als ich den Rückweg antrat. Ihr werdet es dort finden, und ich glaube, es wird gesund werden. Ihr seht, ich habe euch ein Geschenk mitgebracht. Dieser Unhold wird euch nichts mehr zuleide tun.« Und er band den Hals des Drachen los und warf die furchtbare Last an der Hüttentür zu Boden.

»Ihr müßt das Ungeheuer vergraben«, sagte der Ritter. »Wäre ich einen Augenblick später gekommen, wäre es zu spät gewesen. Doch jetzt braucht ihr euch nicht mehr zu fürchten, denn ein solches Wesen erscheint selten im gleichen Landesteil zweimal in einem Leben.« Die Frau machte sich auf den Weg zum Einsiedler und war bald im Wald verschwunden.

»Wollt Ihr nicht absteigen und Euch ausruhen, Herr Ritter?« sagte der Bauer, der bis dahin sprachlos in der Tür der Hütte gestanden hatte.

»Das will ich gern tun, danke sehr« sagte jener, stieg vom Pferd, gab mir die Zügel und trug mir auf, das Tier abzusatteln und in den Schatten zu führen. »Du brauchst ihn nicht anzubinden« fügte er hinzu; »er wird nicht fortlaufen«

Als ich zurückkehrte, nachdem seine Befehle ausgeführt waren, und die Hütte betrat, sah ich den Ritter ohne seinen Helm dasitzen und ganz ungezwungen mit dem einfachen Mann sprechen. Eine edlere Haltung habe ich nie gesehen.

Als er Abschied genommen hatte, führte ich ihn zu seinem Streitroß, hielt den Steigbügel, als er aufstieg und folgte ihm durch den Wald. Das Pferd, erfreut, von seiner gräßlichen Last frei zu sein, tänzelte unter dem Gewicht von Mann und Rüstung und war kaum davon abzuhalten, im Galopp weiterzugehen. Doch der Ritter hieß es seine Kräfte den meinen angleichen und so gingen wir eine oder zwei Stunden weiter. Dann stieg der Ritter ab, befahl mir, in den Sattel zu steigen und sagte: »Ritter und Knappe müssen die Anstrengung teilen.«

Indem er den Steigbügel hielt, ging er an meiner Seite dahin, schwer gerüstet wie er war, doch offensichtlich mit Leichtigkeit. Dabei führte er ein Gespräch mit mir, an dem ich so bescheidenen Anteil nahm, wie es mein Gefühl für meine Stellung zuließ.

»Trotz alledem«, sagte er, »ganz abgesehen von der Schönheit dieses Feenlandes, in welchem wir uns befinden, geschieht doch viel Unrecht darin. Wo viel Pracht ist, ist auch ebensoviel Schrecken, Höhen und Tiefen, wunderschöne Frauen und häßliche Unholde, edle Männer und Schwächlinge. Alles, was ein Mann tun muß, ist zu bessern, was er kann. Und wenn er mit sich selbst so weit übereinkommt, daß auch Anerkennung und Erfolg keinen großen Wert mehr in sich haben, daß er zufrieden ist, besiegt zu werden, wenn es nicht seinem Fehler zuzuschreiben ist; und wenn er so mit kühlem Kopf und starkem Willen ans Werk geht, dann wird es ihm gelingen.«

»Doch er wird nicht immer gut davonkommen«, wagte ich zu sagen.

»Vielleicht nicht bei der einzelnen Tat«, erwiderte der Ritter, »doch das Ergebnis seines Lebenswerkes wird ihn zufriedenstellen.«

»So wird es dir zweifellos ergehen«, dachte ich, »doch ich –.«

Nach einem Augenblick des Schweigens, wagte ich, das Gespräch wieder aufzunehmen und sagte zögernd:

»Darf ich fragen, wozu das kleine Bettelmädchen Eurer Hilfe bedurfte, als es zu Eurer Burg kam, um Euch zu holen?«

Er blickte mich einen Moment lang schweigend an und sagte dann:

»Ich frage mich wirklich, woher du das weißt, doch es ist etwas Seltsames an dir, was dich berechtigt, an dem Privileg dieses Landes teilzuhaben, das heißt, ungefragt deiner Wege zu gehen. Ich jedoch, der ich nur ein Mann bin, wie du mich siehst, bin gerne bereit, dir auf all deine Fragen, soweit ich es kann, eine Antwort zu geben. Das kleine Bettelmädchen kam in den Saal, in welchem ich saß, und erzählte mir eine wirklich eigenartige Geschichte, an die ich mich nur recht undeutlich erinnere, so seltsam war sie. Ich entsinne mich noch, daß die Kleine ausgezogen war, um Flügel zu sammeln. Sobald sie ein paar Flügel für sich gefunden haben würde, wollte sie fortfliegen, sagte sie, in das Land, aus dem sie gekommen sei; doch wo es sich befand, konnte sie mir nicht sagen. Sie sagte, sie müsse sich ihre Flügel von Schmetterlingen und Nachtfaltern erbitten, und bisher sei ihre Bitte nie abgeschlagen worden. Doch sie brauche sehr viele Flügel von Schmetterlingen und Nachtfaltern, um daraus ein Paar für sich machen zu können; und so mußte sie umherwandern; Tag für Tag, um Schmetterlinge, und Nacht für Nacht, um Nachtfalter zu suchen. Und am Tag zuvor war sie in einen Teil des Waldes gekommen, wo Unmengen von herrlichen Schmetterlingen umherflatterten, mit Flügeln, die genau für ihre Schultern geeignet waren. Auch wußte sie, daß sie so viele haben konnte wie sie wollte. Sie brauchte nur darum zu bitten. Doch als sie mit ihrem Bitten begann, kam eine große Gestalt auf sie zu, warf sie zu Boden und schritt einfach über sie hinweg. Als sie aufstand, sah sie, daß der Wald voll von diesen Wesen war, die offenbar ohne jede Beziehung zueinander, umherstapften. Sobald sie wieder mit ihrer Bitte begann, trampelte eines von ihnen über sie hinweg, bis sie schließlich in höchster Not und wachsender Angst vor den gefühllosen Wesen fortgelaufen war, um jemanden zu suchen, der ihr helfen könnte. Ich fragte sie, wie diese Wesen aussähen. Sie sagte, wie große Menschen aus Holz ohne Knie- und Ellbogengelenk und ohne so etwas wie Nasen oder Münder oder Augen in ihren Gesichtern. Ich lachte über das kleine Mädchen und dachte, sie spiele ein kindliches Spiel mit mir, doch

... und wenn wir nichts Besseres fanden,
legten wir uns im Wald unter einen Baum ...

obwohl sie auch lachte, bestand sie darauf, mich von der Wahrheit ihrer Geschichte zu überzeugen.

›Kommt nur mit, Ritter, kommt mit und seht selbst; ich werde Euch führen.‹

So rüstete ich mich, um allem, was vielleicht geschehen würde, entgegentreten zu können und folgte dem Kind; denn obwohl ich seine Geschichte nicht verstand, konnte ich sehen, daß es ein menschliches Wesen war, das Hilfe brauchte. Als die Kleine vor mir schritt, betrachtete ich sie aufmerksam. Ob es wirklich daher kam, daß sie so oft niedergetrampelt worden war, wußte ich nicht, doch ihre Kleider waren sehr zerrissen, und an mehreren Stellen schaute ihre weiße Haut heraus. Ich dachte, sie sei bucklig, doch als ich genauer hinsah, erkannte ich durch die Fetzen ihres Röckchens – lache nicht über mich – ein Bündel auf jeder Schulter, in den herrlichsten Farben leuchtend. Noch genauer hinsehend, bemerkte ich, daß sie die Form zusammengefalteter Flügel hatten und aus allen Arten von Schmetterlings- und Nachtfalterflügeln bestanden, angeordnet wie die Schuppenfederchen auf einem wirklichen Schmetterlingsflügel; und so wie diese wunderschön zusammengestellt, eine vollendete Harmonie von Farbe und Form bildend. Unter ihren zerrissenen Kleidern konnten jedoch keine ganzen Flügel verborgen sein, und sie hatte ja auch erzählt, sie seien noch unvollendet.

Nachdem wir zwei oder drei Stunden gegangen waren, kamen wir in einen Teil des Waldes, wo die Luft förmlich bebte von den Bewegungen herrlicher Schmetterlinge. Ihre Farben waren so prächtig, als hätten sich die Augen von Pfauenfedern in die Lüfte erhoben. ›Da sind sie, da sind sie!‹, rief das Kind, in einem Ton von Triumph gemischt mit Furcht. Wäre dieser Ton nicht gewesen, hätte ich geglaubt, sie meine die Schmetterlinge, denn ich konnte nichts anderes sehen. Doch in diesem Augenblick ließ sich ein riesiger Schmetterling in unserer Nähe nieder, dessen Flügel ein großes, blaues Auge trugen, umgeben von wirren Flecken in gedämpften Farben wie Wolken an einem stürmischen Tag, der sich dem Abend zuneigt. Das Kind begann sofort zu murmeln: ›Schmetterling, Schmetterling, gib mir deine Flügel!‹; und einen Augenblick später fiel es zu Boden und begann zu weinen, als sei es verletzt. Ich zog mein Schwert und hieb einen starken Streich in die Richtung, in die das Kind gefallen war. Das Schwert traf etwas, und im gleichen Augenblick wurde die groteskeste Nachahmung eines Menschen sichtbar. Wie du siehst, ist dieses Feenland voller Seltsamkeiten und unglaublich lächerlicher Dinge. Dieses Wesen, wenn man es so nennen konnte, war wie ein Klotz aus Holz, den man grob in Form eines Menschen behauen hat. Er ähnelte einem Menschen nur insofern, als er Kopf, Körper, Arme und Beine hatte – der Kopf ohne Gesicht, die Glieder völlig ungeformt. Ich hatte eines seiner Beine abgeschlagen, doch die zwei Teile bewegten sich unabhängig voneinander allein weiter, so gut sie konnten. Also hatte ich nicht das Richtige getan. Ich lief hinter ihm her und spaltete ihn von oben bis unten in zwei Teile, doch er konnte nicht davon überzeugt werden, daß es sich nicht schickt, Leute niederzutrampeln, denn sobald das kleine Mädchen wieder zu bitten begann, kamen alle drei Teile lärmend hoch, und wenn ich mich nicht zwischen sie und das Mädchen gestellt hätte, wäre es wieder von ihnen niedergetrampelt worden. Ich sah, daß ich etwas anderes tun mußte. Wenn der Wald voll von diesen Wesen war, hätte es eine endlose Aufgabe dargestellt, sie so klein zu hacken, daß sie keinen Schaden mehr anrichten konnten. Dann sagte ich dem Mädchen, es solle wieder bitten und in die Richtung zeigen, aus der der nächste kommt. Ich stellte allerdings zu meiner Freude fest, daß ich ihn jetzt selbst kommen sah und fragte mich, wie diese Klötze vorher unsichtbar gewesen sein konnten. Ich ließ es nicht zu, daß er das Kind niedertrampelte; doch während ich ihn fernhielt, bat es von neuem, und ein weiterer erschien. Alles, was ich tun konnte, war, das Mädchen durch das Gewicht meiner Rüstung vor den hartnäckigen, dummen Bemühungen der beiden zu bewahren. Doch plötzlich kam mir der richtige Plan. Ich ergriff einen von ihnen, packte ihn an den Beinen und stellte ihn auf den Kopf, die Rückseite an einen Baum gelehnt. Ich war sehr erfreut, zu sehen, daß er sich nicht bewegen konnte. Inzwischen wurde das arme Kind von dem anderen niedergetrampelt. Aber das war das letzte Mal. Immer, wenn einer erschien, folgte ich nun meinem Plan: ich fing ihn und stellte ihn auf den Kopf; so konnte das kleine Bettelmädchen ungestört seine Flügel sammeln, was es in meiner Gegenwart noch mehrere Stunden lang tat.«

»Was wurde aus ihm?« fragte ich.

»Ich nahm es mit auf meine Burg und es erzählte mir seine ganze Geschichte; doch ich hatte beständig den Eindruck, als höre ich ein Kind im Schlaf sprechen. Ich konnte seine Geschichte mit meinem Verstand nicht ordnen, obwohl sie in dem seinen eine ganz eigene Ordnung zu haben schien. Meine Frau – «

Hier hielt der Ritter inne und sagte nichts mehr. Ich drängte ihn auch nicht, das Gespräch fortzusetzen.

So wanderten wir mehrere Tage lang und verbrachten die Nächte in irgendeinem Unterschlupf, der sich gerade anbot; und wenn wir nichts Besseres fanden, legten wir uns im Wald unter einen Baum auf ein Bett aus Laub.

Ich liebte den Ritter immer mehr. Ich glaube, kein Knappe diente seinem Herrn je mit mehr Sorgfalt und Freude. Ich zäumte sein Pferd, ich reinigte seine Rüstung; meine handwerklichen Kenntnisse machten es mir möglich, sie wenn nötig auszubessern; ich sorgte für all seine Bedürfnisse und wurde für alles wohl gelohnt durch die Liebe, die ich ihm entgegenbrachte.

»Dieser«, sagte ich zu mir, »ist ein wirklicher Mann. Ich werde ihm dienen und ihn verehren, indem ich ihn als Verkörperung dessen sehe, was ich gerne werden würde.« Er zeigte mir als Erwiderung darauf bald so große Zeichen von Freundschaft und Respekt, daß mein Herz glücklich war. Doch ich brannte darauf, mehr für ihn zu tun als die gewöhnlichen Pflichten des Knappen mir erlaubten.

Eines Nachmittags bemerkten wir eine Art von Straße im Wald. Äste waren abgesägt und Lichtungen waren geschlagen worden. Als wir weitergingen, gelangten wir schließlich in eine lange, enge Allee, die entstanden war, indem man die Bäume in ihrer Linie geschlagen hatte, wie die verbleibenden Stümpfe zeigten. In einiger Entfernung sahen wir auf beiden Seiten ähnliche Alleen, die mit der unsrigen in einem Punkt zusammenzutreffen schienen. Diese Wege entlang bewegten sich Gestalten, so wie wir, auf ein gemeinsames Ziel zu. Unsere Allee führte uns schließlich zu einer Wand aus Eibenbäumen, die dicht nebeneinander wuchsen und deren Zweige so verflochten waren, daß man nicht hindurchsehen konnte. Eine Öffnung wie eine Tür war ausgespart, und die ganze Wand war glatt und senkrecht beschnitten. Der Ritter stieg ab und wartete, bis ich sein Pferd versorgt hatte; daraufhin traten wir zusammen ein.

Hinter der Wand befand sich ein riesiger, freier Raum ohne Bäume und eingefaßt von vier Wänden aus Eiben, die jener glichen, durch die wir eingetreten waren. Die Bäume wuchsen bis zu einer sehr großen Höhe und trennten sich erst ganz oben voneinander, so daß ihre Spitzen eine Reihe von kegelförmigen Zinnen auf allen Wänden bildeten. Der darin eingefaßte Raum war ein Parallelogramm von großer Länge. Auf beiden inneren Längsseiten standen drei Reihen von Männern in weißen Roben, still und feierlich, jeder mit einem Schwert an seiner Seite, obwohl der Rest der Bekleidung und Haltung eher priesterlich als soldatenhaft war. Von einiger Entfernung aus nach innen zu war der Raum zwischen diesen einander gegenüberstehenden Reihen mit einer Gesellschaft von Männern, Frauen und Kindern in Festtagskleidung gefüllt. Ihre Blicke waren nach hinten zum andern Ende gerichtet. Weit über die Menge hinaus, als lange Gasse, die sich in der Weite zu verengen schien, standen noch die Reihen der Männer in weißen Roben. Worauf aller Aufmerksamkeit gerichtet war, konnten wir nicht erkennen, denn die Sonne war vor unserer Ankunft untergegangen und es wurde dunkel. Die Dunkelheit nahm immer mehr zu. Die Menge wartete schweigend. Die Sterne begannen, in den baumumgebenen Raum herabzuscheinen und wurden jeden Augenblick heller und größer. Ein Wind erhob sich, wiegte die Zinnen der Baumspitzen und erzeugte einen eigenartigen Klang, halb wie Musik, halb wie Klagelaute, indem er durch die dichten Zweige und Nadeln der Baumwände strich. Ein junges Mädchen, das neben mir stand, in das gleiche Gewand wie die Priester gehüllt, neigte den Kopf und wurde bleich vor Ehrfurcht.

Der Ritter flüsterte mir zu: »Wie feierlich es ist! Sicher warten sie darauf, die Stimme eines Propheten zu hören. Etwas Gutes ist nah!«

Doch ich, beinahe aufgerüttelt durch die Worte meines Herrn, spürte in mir die unerklärliche Überzeugung, daß es etwas Böses sein müßte. Und so entschloß ich mich, sehr genau achtzugeben auf das, was folgen würde.

Plötzlich erschien ein riesiger Stern, wie eine Sonne, hoch in der Luft über dem Tempel, ihn durch und durch erhellend; und die Männer in Weiß stimmten einen großen Gesang an, der durch den Raum rollte, erst zum Ende hinab und dann näherkommend, die andere Seite herauf, bis zu uns. Denn gleichmäßig beendeten einige der Sänger den Gesang, während ebenso gleichmäßig die daneben stehenden ihn aufnahmen, so daß er sich fortbewegte in stetem Wandel, dessen einzelne Schritte nicht wahrnehmbar waren, da immer nur wenige der Singenden zur gleichen Zeit innehielten. Der Gesang endete. Ich sah eine Gruppe von sechs der weißgekleideten Männer in der Mitte der von Menschen gebildeten Gasse hinabgehen, einen über seiner weißen Robe herrlich geschmückten Jüngling umgebend, der einen Blumenkranz auf dem Kopf trug. Ich folgte ihnen mit aufmerksamen Blicken; und indem meine Augen ihren langsamen Gang begleiteten, war ich in der Lage, deutlicher zu erkennen, was geschah, als sie das andere Ende erreichten. Ich wußte, daß meine Sehkraft so viel schärfer war, als die der meisten Leute, daß ich guten Grund hatte, anzunehmen, ich könne auf eine solche Entfernung mehr erkennen, als die anderen. Am Ende des Raums stand ein Thron auf einem Podest, hoch über den Köpfen der umstehenden Priester. Zu diesem Podest sah ich die Gruppe hinaufgehen, offensichtlich über die geneigte Fläche einer sanft ansteigenden Rampe. Der Thron selbst war noch einmal erhöht auf einer Art viereckigem Sockel, zu dessen Höhe eine Reihe von Stufen hinaufführte. Auf dem Thron saß eine majestätisch aussehende Gestalt, deren Haltung eine Mischung aus Stolz und Wohlwollen auszudrücken schien, während sie auf die Menge unter sich hinabsah. Die Gruppe erreichte den Fuß des Thrones, an dem alle einige Minuten lang knieten. Dann erhoben sie sich und traten an die Seite des Sockels. Hier scharten sie sich dicht um den Jüngling, diesen in die vorderste Position stellend; und einer von ihnen öffnete eine Tür im Sockel, um den Jüngling hineinzulassen. Ich war sicher, daß ich ihn zurückschrecken sah, worauf jene,

die sich hinter ihm zusammendrängten, ihn hineinstießen. Dann erhob sich wieder lauter Gesang von der weißen Menge, der einige Zeit andauerte. Als er beendet war, begann eine neue Siebenergruppe ihren Weg zur Mitte. Während sie vorwärtsschritten, sah ich zu meinem Herrn auf: sein edles Antlitz war von Achtung und Ehrfurcht erfüllt. Selbst nicht zu Bösem fähig, konnte er es kaum bei anderen vermuten, noch weniger in einer solchen Menge und umgeben von solchen Erscheinungen der Feierlichkeit. Ich war sicher, daß es die wirklich großartigen Begleiterscheinungen waren, die ihn überwältigten; daß die Sterne über uns, die dunkel aufgetürmten Wipfel der Eibenbäume und der Wind, der wie ein unsichtbarer Geist durch ihre Zweige seufzte, seinen Geist zu dem Glauben beugten, in all diesen Zeremonien liege ein großer, mystischer Sinn, den, das sagte ihm seine Bescheidenheit, seine Unwissenheit ihm unmöglich machte zu verstehen.

Mehr denn je überzeugt, daß etwas Böses nahe war, konnte ich es nicht ertragen, daß mein Herr betrogen werden könnte; daß jemand wie er, so edel und rein, etwas achten würde, das, wenn sich mein Verdacht als wahr herausstellte, schlimmer war als die gewöhnlichen Betrügereien des Priestertums. Ich wußte nicht, wie weit er ihr Tun billigen würde, bevor er Grund hätte, seinen Irrtum bitter zu bereuen. Ich beobachtete die neue Prozession, wenn das möglich war, noch genauer als die erste. Diesmal war die mittlere Gestalt ein Mädchen, und am Schluß sah ich noch unzweifelhafter, wie es zurückschreckte und von der Gruppe hineingestoßen wurde. Was mit den Opfern geschah, erfuhr ich nie; doch ich hatte schon genug erfahren und konnte es nicht länger ertragen. Ich beugte mich vor und flüsterte der jungen Frau, die bei mir stand zu, sie möge mir bitte ihr Gewand leihen. Ich brauchte es, um mich ungefragt bewegen zu können und um die Feierlichkeit nicht zu stören. Sie sah auf, halb verwirrt, halb amüsiert, als zweifle sie, ob es mir ernst mit meiner Forderung sei. Doch in ihrer Verwirrung erlaubte sie mir, das Gewand zu lösen und von ihren Schultern zu ziehen. Ich nahm es mit Leichtigkeit an mich und sank in der Menge auf die Knie, um mich im Gewand eines der Anbeter wieder zu erheben.

Ich gab meine Streitaxt dem Mädchen als Pfand für ihre Robe, denn ich wollte diese Aufgabe unbewaffnet bestehen, und, wenn es ein Mann war, der auf dem Thron saß, diesen mit bloßen Händen angreifen, da ich auch die seinigen für unbewaffnet hielt. Ich machte mich auf den Weg durch die Menge nach vorn, während der Gesang noch andauerte, mit dem Wunsch, das Podest zu erreichen, solange es nicht von irgendeinem Priester bewacht war. Ungehindert konnte ich die lange Gasse der weißen Roben hinaufgelangen, obwohl ich im Vorbeigehen fragende Blicke in vielen der Gesichter sah. Ich vermute, meine Entschlossenheit ermöglichte meinen Weg, denn ich fühlte mich meinem eigenen Schicksal gegenüber ziemlich gleichgültig. Als ich auf dem Podest angekommen war, hatte der Gesang gerade geendet, und ich fühlte mich, als schauten alle zu mir. Ohne an seinem Fuß niederzuknien, ging ich direkt die Stufen zum Thron hinauf, ergriff das große, hölzerne Bild, das daraufsaß und versuchte, es von seinem Sitz zu stoßen. Dies gelang mir zunächst nicht, denn ich fand heraus, daß es starr darauf befestigt war. In der Furcht, daß, wenn das erste Erstaunen vergangen war, die Wachen mich ergreifen würden, bevor ich mein Ziel erreicht hatte, riß ich mit aller Kraft, und mit einem knirschenden, berstenden Geräusch wie das Brechen von morschem Holz brach etwas ab, und ich warf das Bild die Stufen hinunter.

Wo es gesessen hatte, wurde ein großes Loch, wie die Höhlung eines verfaulten Baumes, im Thron sichtbar, das offensichtlich sehr tief hinabreichte. Doch ich hatte keine Zeit, es genauer zu untersuchen, denn als ich hineinsah, sprang eine riesige Bestie heraus, wie ein Wolf, doch doppelt so groß, und riß mich kopfüber mit sich die Stufen des Thrones herunter. Im Fallen faßte ich das Untier jedoch an der Kehle, und als wir das Podest erreichten, begann ein Kampf, in dem ich bald die Oberhand gewann, meine Hand am Hals des Tieres, mein Knie auf seinem Herzen. Doch jetzt erschallte ein wilder, zorniger Schrei nach Rache und Rettung. Ein allgemeines Zischen von Stahl, mit dem alle Schwerter aus der Scheide hervorglitten, schien die Luft regelrecht in Stücke zu reißen. Ich hörte, wie hunderte auf das Podest zueilten, auf dem ich kniete. Doch ich festigte nur meinen Griff um die Kehle der Bestie. Die Augen quollen ihr schon aus dem Kopf, die Zunge hing weit heraus. Meine einzige Hoffnung war, daß es ihnen auch, nachdem sie mich getötet hätten, nicht möglich sein würde, meinen Griff von ihrer Kehle zu lösen, bevor das Untier sein Leben ausgehaucht hätte. Daher vereinigte ich all meinen Willen, meine Kraft und mein ganzes Denken auf die zupackende Hand. Ich erinnere mich nicht an einen Hieb. Schwäche kam über mich und mein Bewußtsein schwand.

Ich glitt mit ihr im Licht der untergehenden Sonne dahin.

KAPITEL XXII

Wir sind nie den Engeln gleich,
bevor unsere Leidenschaften gestorben sind.

Dekker

Ich war tot und wirklich zufrieden. Ich lag in meinem Sarg mit friedlich gefalteten Händen. Der Ritter und die Dame, die ich liebte, weinten über mir. Ihre Tränen fielen auf mein Gesicht.

»Ach!«, sagte der Ritter, »ich raste wie ein Verrückter zwischen ihnen. Ich hieb auf sie ein wie auf dürres Unterholz. Ihre Schläge gingen auf mich nieder wie Hagel, sie verletzten mich jedoch nicht. Ich schlug mir eine Gasse bis zu meinem Freund. Er war tot. Doch er hatte die Bestie erwürgt, und ich mußte ein Stück aus ihrer Kehle schneiden, bevor ich ihn von ihr lösen und seinen Körper befreien konnte. Sie wagten es nicht, mir in den Weg zu treten, als ich ihn zurücktrug.«

»Er ist ehrenvoll gestorben«, sagte die Dame.

Mein Geist war erfreut. Sie ließen mich ruhen. Ich fühlte mich, als habe sich eine kühle Hand auf mein Herz gelegt und es gestillt. Meine Seele war wie ein Sommerabend, nach einem schweren Regen, wenn die Tropfen an den Zweigen der Bäume noch in den letzten Strahlen der untergehenden Sonne glitzern und der Wind der Dämmerung zu wehen begonnen hat. Das heiße Fieber des Lebens war vorübergegangen, und ich atmete die klare Bergluft im Land der Toten. Ich hätte mir niemals von einer solchen Glückseligkeit träumen lassen. Es war nicht so, daß ich irgendwie aufgehört hatte, zu sein. Die Tatsache, daß etwas sterben kann, bedingt die Existenz von etwas anderem, das nicht sterben kann. Dazu muß es entweder selbst eine andere Form annehmen, so, wie der Samen, der gesät wurde, stirbt und wieder aufgeht; oder es wird, im bewußten Sein, vielleicht von da an ein rein geistiges Leben führen. Wenn meine Leidenschaften tot waren, so lebten doch noch die Seelen der Leidenschaften, diese ursprünglichen Mysterien des Geistes, welche sich in den Leidenschaften verkörpert hatten, und ihnen all ihre Herrlichkeit und ihr wunderbares Wesen verliehen hatten; sie glühten noch in einem reinen, unsterblichen Feuer. Sie erhoben sich über ihre vergehenden, irdischen Verkörperungen und offenbarten sich als Engel des Lichts. Doch oh, wie weit überstieg ihre Schönheit die alte Gestalt! So lag ich eine Zeitlang und lebte sozusagen als unerleuchtetes Sein; meine Seele ein bewegungsloser See, der alles empfing und nichts zurückgab; zufrieden in stiller Betrachtung und geistigem Bewußtsein.

Bald darauf trugen sie mich zu meinem Grab. Niemals legte sich ein müdes Kind nieder in sein weißes Bett und hörte, wie all sein Spielzeug für die Nacht aufgeräumt wurde mit einer so wunderbaren, zufriedenen Ruhe, wie ich sie fühlte, als ich spürte, wie der Sarg auf den festen Boden gesetzt wurde, und als ich den Klang der Erde hörte, die auf seinen Deckel fiel. Im Innern des Sarges klingt es nicht so hohl wie oben am Rande des Grabes. Sie begruben mich nicht auf einem Friedhof, dazu liebten sie mich zu sehr, was ich ihnen danke, sondern sie legten mich in den Boden an ihrer eigenen Burg, unter vielen Bäumen, wo, da es Frühling war, Primeln, wilde Hyazinthen und alle Familien der Waldblumen blühten.

Jetzt, als ich in ihrem Schoße lag, war die ganze Erde und jedes ihrer Kinder ein Körper für mich. Ich schien das große Herz der Mutter in dem meinigen schlagen zu hören und mich mit ihrem eigenen Leben, ihrem ursprünglichen Sein und ihrer Natur zu ernähren. Ich hörte die Schritte meiner Freunde über mir und ein Schauder ging durch mein Herz. Ich wußte, daß die Helfer fortgegangen waren und nur der Ritter und die Dame zurückblieben, die leise, zarte, tränenreiche Worte über jenen sprachen, der dort unter dem noch wunden Boden lag. Ich erhob mich in eine einzelne, große Primel, die am Rand des Grabes wuchs, und aus dem Fenster ihres bescheidenen, vertrauensvollen Gesichts blickte ich der Dame ins Antlitz. Ich fühlte, daß ich mich in der Primel verkörpern konnte, daß sie einen Teil von dem sagte, was ich sagen wollte; und was ich früher durch Lieder auszudrücken versucht hatte. Die Blume fiel ihr ins Auge. Sie bückte sich und pflückte sie, während sie sprach: »Oh, du schönes Geschöpf!« küßte sie zart und legte sie an ihren Busen. Es war der erste Kuß, den sie mir je gegeben hatte. Doch die Blume begann bald zu welken und ich verließ sie.

Es war Abend. Die Sonne stand schon unter dem Horizont; doch ihre rosigen Strahlen erhellten noch eine federweiße Wolke, die hoch über der Welt dahinglitt. Ich schwebte empor, erreichte die Wolke und legte mich darauf. Ich glitt mit ihr im Licht der untergehenden Sonne dahin. Sie ging unter, und die Wolke wurde grau, doch das Grau berührte mein Herz nicht. Es trug die Rosenfarbe in sich, denn jetzt konnte ich lieben, ohne das Bedürfnis zu haben, daß meine Liebe erwidert wurde. Der Mond stieg herauf mit der ganzen Vergangenheit auf seinem fahlen Gesicht. Er färbte mein Bett mit geisterhafter Bleiche und warf die ganze Erde unter mir wie auf den Grund eines tiefen Meeres von Träumen. Doch er konnte mich nicht traurig machen. Ich wußte jetzt, daß man einer anderen Seele am nächsten kommt, indem man liebt, nicht indem man geliebt wird; ja, auch daß, wo sich zwei Menschen lieben, es die Liebe eines jeden von beiden ist, und nicht das Geliebtwerden, was ihre Glückseligkeit hervorruft, vollendet und sichert.

Mein gleitendes Gefährt trug mich über eine große Stadt. Ihre leisen, dumpfen Geräusche drangen in die Luft empor – ein Klang – woraus zusammengesetzt? »Wie viele hoffnungslose Schreie«, dachte ich,

»wie viele wahnsinnige Rufe erzeugen jenen Lärm, der hier nur noch so leise ist, wo ich in ewigem Frieden dahingleite und weiß, daß sie eines Tages gestillt sein werden in der Ruhe um sie her, und daß Verzweiflung stirbt, um zu endloser Hoffnung zu werden, und daß jene Dinge, die dort unmöglich scheinen, hier Gesetz sind. Doch, oh bleiche Frauen und düster blickende Männer und vergessene Kinder, wie werde ich euch dienen und helfen und meine Arme im Dunkeln um euch legen, Hoffnung in eure Herzen senken, wenn ihr glaubt, niemand sei in eurer Nähe! Sobald alle meine Sinne zurückgekommen sind und sich an dieses neue Leben gewöhnt haben, werde ich unter euch sein mit jener Liebe, die heilt.«

Da fuhr ein Krachen und furchtbares Schaudern durch mich, ein Zerren wie der Tod verkrampfte mich, und ich wurde mir wieder eines begrenzten, sogar körperlichen, irdischen Lebens bewußt.

KAPITEL XXIII

Unser Leben ist kein Traum –
aber es soll und wird vielleicht einer werden.

Novalis

Als ich aus einem solchen Zustand der Seligkeit hinabsank in die Welt der Schatten, die sich wieder um mich schloß und mich umhüllte, war natürlich meine erste Furcht, daß mein Schatten mich wieder gefunden habe und daß meine Qual von neuem beginnen würde. Es war eine traurige Umkehrung der Gefühle. Dies schien wirklich dem ähnlich zu sein, was wir für den Tod halten, bevor wir sterben. Dennoch fühlte ich in meinem Innern eine Kraft des ruhigen Duldens, die mir bisher fremd gewesen war. Denn wahrhaftig, daß es mir möglich gewesen war, Dinge, wie ich sie gedacht hatte, auch nur zu denken, war ein unaussprechliches Glück. Eine Stunde eines solchen Friedens machte die Unruhe eines ganzen Lebens wert, durchlebt zu werden.

Ich stellte fest, daß ich im Freien lag, früh am Morgen vor Sonnenaufgang. Über mir spannte sich der Sommerhimmel und erwartete die Sonne. Die Wolken sahen sie schon von weitem kommen, und bald würde sich jeder Tautropfen ihrer Gegenwart in seinem Innern erfreuen können. Ich lag einige Minuten bewegungslos, richtete mich dann auf und sah mich um. Ich befand mich auf der Kuppe eines kleinen Hügels, unter mir lag ein Tal, und eine Reihe von Bergen begrenzte den Blick nach dieser Seite. Doch zu meinem Schrecken erstreckte sich über das Tal hinweg und die Anhöhe der gegenüberliegenden Berge hinauf ein sich riesig ausdehnender Schatten, der direkt an meinen Füßen begann. Dort lag er, lang und breit, dunkel und mächtig. Ich wandte mich in schlimmer Verzweiflung ab. Doch da bemerkte ich, daß die Sonne gerade ihr Haupt über die Hügel im Osten erhob und daß der Schatten, der an meinen Füßen begann, nur dort lag, wo keine Sonnenstrahlen hinschienen. Ich tanzte vor Freude. Es war nur der natürliche Schatten. Während die Sonne höher und höher hinaufstieg, sank der Schatten an der gegenüberliegenden Bergwand abwärts und kroch über das Tal hinweg auf meine Füße zu.

Nun, da ich so freudig von meiner Furcht erlöst worden war, bemerkte und erkannte ich das Land um mich her. Im Tal unter mir lag mein eigenes Schloß, und die Umgebung meiner Kindheit hüllte mich ein. Ich eilte nach Hause. Meine Schwestern empfingen mich mit unaussprechlicher Freude; doch ich glaube,

sie bemerkten eine Veränderung an mir, denn etwas wie Respekt mit einer kleinen Spur Ehrfurcht darin mischte sich mit ihrer Freude und beschämte mich. Sie waren in großer Unruhe über mich gewesen. Am Morgen meines Verschwindens hatten sie den Fußboden meines Zimmers überflutet vorgefunden, und den ganzen Tag lang hatte ein wundersamer und fast undurchdringlicher Dunst das Schloß und die Ländereien umgeben. Sie sagten mir, ich sei einundzwanzig Tage fort gewesen. Mir kam es vor, als seien es einundzwanzig Jahre. Ich fühlte mich auch noch etwas unsicher mit meinen neuen Erfahrungen. Als ich mich am Abend wieder in mein eigenes Bett legte, war ich wirklich nicht sicher, ob ich mich nicht beim Erwachen in irgendeiner seltsamen Gegend von Feenland wiederfinden würde. Ich träumte ununterbrochen und wirr, doch als ich erwachte, sah ich sofort, daß ich in meinem eigenen Zimmer war.

Meine Sinne beruhigten sich bald; und ich begann, die Pflichten meiner neuen Stellung zu erfüllen – wie ich hoffte etwas erfahrener geworden durch meine Abenteuer. Konnte ich die Erfahrungen von meinen Reisen in Feenland auf mein gewöhnliches Leben übertragen? Oder würde ich alles nochmals leben und nochmals lernen müssen in den anderen Formen, die der Welt der Menschen eigen sind und doch der Welt des Feenlandes parallel laufen? Diese Fragen kann ich noch nicht beantworten, doch ich fürchte mich.

Selbst jetzt schaue ich mich noch manchmal besorgt um, weil ich sehen will, ob mein Schatten genau der Sonneneinstrahlung entspricht. Manchmal habe ich das eigenartige Gefühl, daß ich ein Geist bin, zur Welt entsandt, um meine Mitmenschen zu betreuen oder besser gesagt, die Fehler wieder gutzumachen, die ich schon begangen habe. Möge die Welt wenigstens an jenen Stellen heller für mich sein, wo meine Dunkelheit nicht hinfällt.

So geschah es, daß ich, der ich ausgezogen war, um mein Ideal zu finden, wiederkam und mich freute, daß ich meinen Schatten verloren hatte.

Wenn der Gedanke an die Glückseligkeit, die ich nach meinem Tod in Feenland erfuhr, zu hoch für mich ist, um ihn zu erreichen und in ihm zu hoffen, dann denke ich oft an die weise Frau in der Hütte und an ihre feierliche Versicherung, daß sie etwas kenne, was zu gut sei, um erzählt zu werden. Wenn ich bedrückt bin von einer Sorge oder Bestürzung, fühle ich mich oft, als hätte ich ihre Hütte nur für kurze Zeit verlassen und werde bald aus der Vision dorthin zurückkehren. Manchmal bemerke ich bei solchen Gelegenheiten, daß ich fast unbewußt nach dem roten, mystischen Zeichen suche, mit der undeutlichen Hoffnung, durch ihre Tür zu treten und von ihrer weisen Zärtlichkeit getröstet zu werden. Dann beruhige ich mich, indem ich mir sage: »Ich bin durch die Tür des Schreckens gegangen, und der Weg zurück aus der Welt, in die sie mich geführt hat, geht durch mein Grab. Darauf liegt das rote Zeichen, und ich werde es eines Tages finden und glücklich sein.«

Am Ende meiner Geschichte will ich ein kleines Erlebnis erzählen, das ich vor einigen Tagen hatte.

Ich war draußen bei meinen Schnittern und ging, als diese sich zur Mittagsrast niederließen, an den Rand des Feldes, wo ich mich in den Schatten einer großen, alten Buche legte. Als ich so dalag, horchte ich auf das Rauschen der Blätter über mir. Anfänglich machten sie nur lieblich undeutliche Musik, aus dieser formte sich allmählich Sprache, bis ich schließlich, wie es mir vorkam, diese Worte, halb aufgelöst in einem winzigen Meer rings umfließender Laute heraushören konnte: »Ein großes Glück ist unterwegs – ist unterwegs – ist unterwegs zu dir, Anodos.« Und das immer und immer wieder. Und ich bildete mir ein, daß mich ihr Klang an die Stimme der alten Frau in der Hütte mit den vier Türen erinnere. Ich schaute nach oben, und für einen Augenblick war ich fast sicher, ich könnte ihr runzeliges Gesicht mit den jungen Augen erkennen, das zwischen zwei weißgrauen Ästen auf mich herabblickte. Doch als ich genauer hinsah, waren da nur Blätter und Zweige und die winzigen Lücken, durch die der unendliche Himmel herabblinzelte. Dennoch fühlte ich, daß dieses Glück unterwegs ist, wie Glück immer unterwegs ist, wenn auch stets nur wenige die Unbefangenheit und Tapferkeit besitzen, daran zu glauben.

Und nun, lebt wohl.

Im Tal unter mir lag mein eigenes Schloß.

Übersetzung aus dem Englischen
von Sabine Ivanovas

Der Text wurde gekürzt,
auf die Gedichte wurde verzichtet.

CIP-Kurztitelaufnahme der Deutschen Bibliothek

MacDonald George:
Phantastes/George MacDonald. Ill. von Friedrich
Hechelmann. – München: Hirmer, 1982.
    Einheitssacht.: Phantastes dt.
    ISBN 3-7774-3470-1

© 1982 by Hirmer Verlag München
Offsetlithographien: Schwitter AG, Basel
Papiere: Papierfabrik Scheufelen, Lenningen
Satz: Schumacher-Gebler, München
Druck: Kastner & Callwey, München
Bindearbeiten: Conzella Verlagsbuchbinderei, München
Schutzumschlag: Design Team, München
Printed in Germany

ISBN 3-7774-3470-1